BOSS POSSESSIF

FRÈRES BRATVA LIVRE 3

WILLOW FOX

Boss Possessif

Frères Bratva Livre 3

Willow Fox

Publié par Slow Burn Publishing

v2

Traduction par sarahas2

Relecture par marie_frcy

Cover Design by MiblArt

UN

Lucy

Le soleil commence à se coucher à l'horizon. L'air est tranquille, sans la moindre brise. Il n'y a pas le bruissement des feuilles dans les arbres, ce qui rend cette tâche encore plus compliquée. Je dois être discrète pendant que j'escalade la clôture métallique.

Il est difficile de voir quelque chose avec les haies parfaitement taillées et alignées à l'intérieur de la clôture. Pourquoi se préoccuper d'une clôture privative quand il y a un portail en fer forgé et des gardes ?

Je ne suis pas très gracieuse dans ma tentative d'escalader le métal, et juste au moment où j'arrive au sommet, en faisant attention à ne pas être empalée par le design pointu et décoratif, je trébuche et atterris la tête la première dans l'herbe.

La propriété est immense pour une ville comme New York. Cependant, ce n'est pas comme si nous étions à Manhattan. La maison couvre un pâté de maisons, et le manoir est trop loin sous le soleil couchant. Je dois attendre qu'il fasse nuit.

J'aurais dû attendre pour escalader la clôture, mais je suis une personne impatiente. Je veux que ce soit fait, et si j'ai de la chance, les gardes seront occupés à dîner, et je pourrai me faufiler, prendre ce que je suis venue chercher, et partir.

Il y a un jardin pas loin, qui s'étend du côté est du manoir jusqu'à l'arrière de la propriété. Il est beau et bien entretenu, avec des tulipes jaunes et roses récemment plantées, le paillis frais et rouge vif sous le soleil couchant vibrant.

J'inspire brusquement quand je vois Nikita se diriger vers moi. Je me baisse et me cache derrière un vieux chêne, enfin je crois que c'est un chêne. Il est grand, avec un tronc épais, et n'a qu'un seul rôle : me protéger des regards.

Nikita porte un costume noir sombre, le même qu'hier quand je suis tombée sur lui au club, ce qui n'était pas un hasard.

Il enlève ses lunettes de soleil et jette un coup d'œil autour de lui.

Y a-t-il des caméras ?

Sait-il que je suis ici ? Ce n'est pas moi qui ai décidé d'entrer par effraction. Bien que je n'aie fait que m'introduire sur la propriété, je suis sûre qu'il me jetterait sur le trottoir.

Ses pas sont le seul bruit que j'entends tandis que je retiens mon souffle. Il y a une autre haie, un ensemble de buissons à ma droite, à une vingtaine de mètres. Si je pouvais juste me glisser derrière eux, je pourrais peut-être passer devant lui sans être vue.

Nikita marche juste devant moi. Son dos est tourné vers moi, et il se dirige vers les haies et se penche.

Je ne bouge pas. Peut-être que je peux me fondre dans l'arbre, car si je bouge un tant soit peu, il me remarquera. J'attirerai son regard et son attention.

Qu'est-ce qu'il fait, il se cache ?

Il récupère son téléphone et je retiens quasiment mon souffle. Une légère brise caresse ma peau, et j'expire avec le vent, de peur que Nikita ne m'entende et ne regarde dans ma direction.

Son attention se porte momentanément sur son téléphone et il le lève, de toute évidence pour prendre une photo ou une vidéo de quelque chose, mais je ne sais pas ce qu'il voit que je ne vois pas.

Le soleil est à peine au-dessus de l'horizon. Une lueur orange est projetée sur la cour et le jardin. Au loin, il y a un belvédère en bois, et les lumières blanches décoratives s'allument, scintillant et créant une atmosphère.

Est-ce que Nikita espionne quelqu'un ?

Ma vue est plutôt bonne, mais je ne vois personne dehors, à part l'homme d'affaires musclé aux cheveux noirs accroupi près des buissons. Il a l'air un peu à part, mais je suis sûre qu'il penserait la même chose de moi.

— Viens ici, une voix d'homme se fait entendre à l'extérieur.

— C'est quoi tout ça, Luka ? demande Hannah.

Je la reconnais du café où je travaille. C'est une habituée, elle vient presque tous les matins, habillée en tenue de travail, et travaille pour Steele Concierge Medical. Elle prend toujours un grand café au caramel avec du lait d'amande.

Hannah vit-elle ici ? Comment connaît-elle Nikita ? Ma tête tourne, essayant de démêler les connexions emmêlées, mais ça n'a pas d'importance parce qu'une abeille se pose sur mon bras, et j'ai une peur bleue des abeilles.

Et je suis allergique.

DEUX

Nikita

Je suis accroupie derrière les buissons, attendant que Luka agisse. Il va demander Hannah en mariage et m'a demandé de filmer la scène.

Madisyn a promis d'aider à distraire Bay, leur fille, et de la distraire pendant qu'il posait sa question.

J'entends un halètement, et je vois du mouvement du coin de l'œil.

— Qu'est-ce que tu fous là ? grondé-je.

Je suis tombé sur elle hier soir au club, plutôt littéralement. J'ai renversé mon verre sur elle. Nous avons échangé quelques mots et passé quelques heures ensemble. Mais je ne m'attendais pas à tomber à nouveau sur elle sur la propriété de Mikhail.

Lucy n'est pas l'une des nôtres, membre de la Bratva, et n'est pas invitée à la demande en mariage.

Ses genoux s'effondrent sur le sol tandis qu'elle peine à respirer. Je laisse tomber mon téléphone et me précipite sur la pelouse.

— Hannah ! Luka ! crié-je, essayant d'attirer leur attention et leur aide.

Hannah est infirmière. Elle saura ce qui ne va pas avec Lucy.

Ses yeux se révulsent dans sa tête. Elle est inconsciente.

Luka grogne, ne cachant pas son mécontentement face à mon interruption.

Ils se précipitent à travers la pelouse, Hannah se pressant devant mon insistance.

— Qu'est-ce qui se passe ? demande-t-elle, en se penchant et remarquant Lucy sur la pelouse. (Hannah contrôle les signes vitaux de Lucy. Elle l'examine brièvement et donne des ordres à Luka.) Apporte-moi un EpiPen.

Luka se précipite à l'intérieur de la propriété pour prendre les produits nécessaires. La forteresse de Mikhail a tout ce qu'il faut pour survivre, y compris des équipements médicaux et des médicaments. La présence de deux infirmières sur place est également un atout.

Même si nous utilisons toujours la clinique pour les traumatismes et les interventions chirurgicales, nous pouvons suturer une petite blessure ou gérer une réaction allergique sur place.

— Je n'avais pas réalisé que tu avais une petite amie. Les filles n'aiment généralement pas cacher leur relation, à moins que ce soit un accord commun, plaisante Hannah. Mais sérieusement, les buissons ?

— Elle n'est pas ma-quoi que ce soit, grogné-je et je suis soulagé lorsque Luka revient avec l'EpiPen.

Il sort l'injecteur de l'étui et tend le dispositif à Hannah.

Elle retire le couvercle de sécurité bleu et pique fermement Lucy dans la cuisse avec le bout orange avant de contrôler à nouveau ses signes vitaux.

Hannah contrôle le pouls de Lucy à plusieurs reprises.

— Elle n'est pas censée se réveiller ? Je fixe Lucy inconsciente.

— On peut lui administrer une autre injection dans cinq minutes si elle ne réagit pas, dit Hannah.

Je glisse mes bras sous les jambes et le dos de Lucy, la soulève et la porte à travers la pelouse jusqu'à la maison.

Luka ouvre les portes françaises tandis que je la fais passer par le vestibule et la cuisine.

— Tu la connais ? demande Luka.

Il est sur mes talons, il me suit alors que je porte Lucy dans les escaliers jusqu'à une chambre inoccupée. Ce n'est pas surprenant qu'il soit protecteur envers Mikhail, le Pakhan.

— Je suis tombé sur elle hier soir, dis-je.

— Où ?

C'est un interrogatoire ? Je regarde dans sa direction. Où va-t-il avec cette série de questions ?

— Au club avec Anton.

C'est la vérité. Je n'ai pas invité Lucy à se joindre à nous. Je ne lui ai même pas dit où j'habitais.

Mais elle devait le savoir puisqu'elle est ici.

Mon estomac est lourd comme une boule de plomb. Il coule au fond de l'océan, lourd et nauséeux.

— Et elle s'est juste pointée par hasard ? demande Luka.

Il est sceptique.

Je porte Lucy jusqu'à une chambre vide et la pose délicatement sur le matelas. Hannah est quelques pas derrière, se dépêchant de monter les escaliers.

— Je ne crois pas aux coïncidences, dis-je. (Luka doit penser la même chose.) Je la surveillerai de près.

Je ne la quitterai pas des yeux. Quelqu'un doit monter la garde, autant que ce soit moi.

— Fouille-la. Assure-toi qu'elle n'ait pas d'arme ou quoi que ce soit sur elle, ordonne Luka.

— Elle est inconsciente, dis-je. Je ne pense pas qu'elle soit capable de prendre l'un de nous en otage, du moins pas dans son état actuel.

— Luka a raison, dit Hannah en croisant les bras sur sa poitrine. (Elle se tient près de la porte ouverte de la chambre.) Quel genre de personne saute la clôture d'une maison hautement sécurisée ?

— Le genre stupide, marmonné-je.

Qu'est-ce qu'elle prépare ?

— Je la reconnais, dit Hannah.

— D'où ? demandé-je, en jetant un bref coup d'œil à Hannah avant de reporter toute mon attention sur Lucy.

Va-t-elle se réveiller bientôt ?

Devons-nous nous inquiéter ?

Combien de temps s'est écoulé depuis la dernière injection d'épinéphrine ?

— Elle est serveuse au café que je fréquente. Je ne la connais pas, mais je l'ai vue, dit Hannah.

Elle s'avance davantage dans la pièce et contrôle les signes vitaux de Lucy tout en fixant sa montre et en prenant son pouls.

— Pourquoi se cachait-elle autour de nous dans la cour ? demandé-je, ne m'attendant pas à ce que Hannah ait une réponse.

— Elle voulait ruiner ma demande en mariage, murmure Luka. (Il n'est pas du tout discret sur son mécontentement.) On aurait dû la laisser mourir.

Hannah frappe le bras de Luka.

— Fais pas le con. Tu allais vraiment me demander en mariage ? Ses yeux bleus s'élargissent alors qu'elle fixe Luka Ivanov.

Cette fille est sous le charme. Probablement parce qu'ils ont un enfant ensemble et un autre en route. Je ne suis pas censé le savoir, mais rien n'est gardé secret dans cette résidence.

— Oui, dit Luka. Mais je vais devoir trouver un tout nouveau plan, car notre petite envahisseuse a tout gâché.

— Elle s'appelle Lucy, dit Hannah. Et je suis sûre que si on retourne dans le jardin, on pourra tirer profit de la soirée.

Luka est plus grognon que moi, et ça en dit beaucoup.

Il s'avance derrière elle, enroule ses bras autour de sa taille, ses lèvres contre son cou.

— Ça devra être parfait quand je te demanderai en mariage, et ce soir, c'était tout sauf ça.

La déception est visible sur son visage, mais elle force un sourire, faisant semblant de s'en moquer. J'ai déjà vu ce regard des dizaines de fois sur des femmes quand je leur dis que je ne suis pas intéressé par une relation.

En général, c'est moi qui cause leur mécontentement, pas Luka. Du moins, pas dernièrement.

Je suis sûre qu'il va faire sa demande. Il est follement amoureux d'Hannah et de leur fille, Bay. Même si ce n'est pas ce soir, ça arrivera sans aucun doute, et je suis sûr qu'il me demandera de filmer tout ça.

Je ne l'ai jamais pris pour un romantique.

Hannah l'a changé bien plus qu'il ne veut l'admettre.

Mais je ne suis pas comme Luka. Il n'y a aucune fille dans ce monde capable de me coincer.

Lucy grogne, et ses doigts effleurent la couette en coton alors qu'elle commence à reprendre conscience.

— Viens, dit Luka en prenant la main d'Hannah et en l'entraînant hors de la chambre.

Il ne veut pas qu'Hannah soit témoin de l'interrogatoire. La porte de la chambre se ferme derrière eux, nous laissant Lucy et moi seuls.

Ses yeux s'ouvrent paresseusement, et sa respiration s'intensifie.

— Tu veux t'expliquer ? lui demandé-je.

Je commence lentement, prudemment. Je ne lui donne aucune information sur notre organisation ou sur ce qu'elle vient de découvrir. Mais ça ne veut pas dire qu'elle ne sait pas qui nous sommes et elle travaille pour l'ennemi.

Qui pourrait être n'importe qui.

Le FBI, le cartel colombien, ou la mafia italienne.

Elle serre les lèvres et ferme à nouveau les yeux.

— Se rendormir ne va pas faire disparaître tout ça, j'ajoute.

Sa langue sort de ses lèvres cerise, et ses paupières s'ouvrent.

— De l'eau.

Mes mains se referment en poings le long de mon corps, mais je me plie à sa demande. La salle de bains est reliée à la chambre, j'attrape un gobelet sur le lavabo et le remplis d'eau.

— Tu peux t'asseoir ? lui demandé-je, en apportant le gobelet, à moitié rempli d'eau, jusqu'au lit.

Je m'inquiète moins du désordre que du fait qu'elle ne s'étouffe avec. Elle grimace en s'asseyant, et ses yeux se ferment momentanément. D'après son expression et ses efforts, je suppose qu'elle a un mal de tête ou peut-être une migraine.

Je ne prends pas la peine de lui demander si elle va bien. Elle est en vie, grâce à moi.

Bien que Luka lui ait techniquement apporté l'EpiPen, et que Hannah le lui ait administré, je me suis assuré de leur demander de l'aide. C'est à moi que revient le mérite de l'avoir gardée en vie.

Ses doigts s'agrippent à la couette alors qu'elle se redresse et ouvre enfin les yeux, se concentrant à nouveau sur le mur. Son regard passe derrière moi alors qu'elle semble perdue dans ses pensées, ou peut-être encore un peu dans les vapes.

Je lui tends le gobelet d'eau, et ses mains tremblent alors qu'elle porte le gobelet à ses lèvres, prenant une gorgée.

— Que faisais-tu ? lui demandé-je, la surplombant, attendant une explication.

Je soupçonne que rien de ce qu'elle dira ne s'approchera de la vérité.

— Je prenais une gorgée d'eau.

— Tu trouves ça drôle ? Je devrais appeler les flics et te faire arrêter pour intrusion, la menacé-je.

La vérité est que nous ne faisons pas affaire avec la police. Nous réglons les problèmes en interne, mais elle ne sait pas que nous sommes les méchants et qu'elle a mis les pieds dans notre entreprise criminelle.

— S'il te plaît, ne fais pas ça, murmure-t-elle.

Sa voix traîne, et il y a un léger tremblement dans son ton. Sa lèvre inférieure frémit. Elle a peur. Elle a raison d'avoir peur de moi.

— Et pourquoi ne le ferais-je pas ? Tu es entrée par infraction.

Lucy presse ses lèvres l'une contre l'autre. Du moins, c'est le nom qu'elle m'a donné hier soir quand je l'ai rencontrée au club. Mais maintenant, je soupçonne que ce n'était pas juste une coïncidence, que je ne suis pas tombé sur elle par hasard.

Elle voulait que je la remarque.

Ses paupières sont lourdes. Il y a des cernes sous ses yeux vert brillant. Elle lutte pour rester éveillée, et je pense que cela a plus à voir avec l'adrénaline et la réaction allergique qu'autre chose.

Lucy ouvre la bouche, et je l'interromps avant qu'elle ne puisse parler.

— Ne me mens pas. C'est un avertissement. Je veux la vérité, quelle qu'elle soit.

Elle ferme ses lèvres, et ses paupières tombent, comme si elle allait s'endormir assise.

Je lui prends le gobelet d'eau et le pose sur la table de nuit à côté.

— Repose-toi.

Elle ne m'est pas d'une grande utilité quand elle est somnolente. Je pourrais lui faire cracher quelques secrets, mais ses mots seraient sans doute mal articulés, et je n'avancerais pas beaucoup.

Lucy n'ira nulle part.

— Dors. Je serai de retour bientôt.

Je sors de la chambre, j'éteins les lumières et je ferme la porte. Je reste dans le couloir, gardant la chambre qu'elle occupe. Il y a trop de gens dans la propriété pour la laisser se promener librement, surtout avec Bay qui erre dans les couloirs et Kira qui commence à ramper.

Mikhail monte l'escalier.

— J'ai entendu dire que nous avons une visiteuse non invitée, et tu as décidé de lui laisser une de mes chambres ?

Il y a du mépris dans sa voix, et sa lèvre supérieure se tord avec une grimace, mécontent de la nouvelle qui lui a été apportée, probablement par Luka. Bien que n'importe quel homme de Mikhail ait pu entendre et être témoin de ce qui s'est passé.

— J'ai l'intention de l'interroger, monsieur, complètement.

Je ne veux pas que Mikhail pense que je suis devenu faible. Cette fille n'est pas une distraction. Elle est prisonnière.

— Et quand est-ce que ça sera fait ? Après que tu lui as offert un dîner et un verre ?

Je ravale mon agacement et tiens ma langue. Débattre avec le Pakhan ne me servira à rien. Je ferais mieux d'orienter cette conversation ailleurs.

— Monsieur, je vais aller au fond des choses et découvrir ce qu'elle faisait à escalader la clôture.

Ses sourcils se froncent.

— Comment a-t-elle pu entrer dans la propriété ? J'ai des hommes armés qui gardent le domaine. Et une petite idiote réussit à se faufiler à l'intérieur sans être vue ?

Les mains de Mikhail se ferment en poings et ses narines se dilatent. Il attend une réponse, et je n'en ai pas à donner. Peut-être était-ce parce que nous étions distraits par la demande en mariage et les fiançailles qui allaient suivre.

Mais comment Lucy aurait-elle pu être au courant des plans de Luka ? Il est peu probable que les deux aient échangé un regard avant aujourd'hui. Il n'y avait même pas un soupçon de reconnaissance sur aucun de leurs visages.

Lucy m'a reconnu.

Et c'était ma faute. Je lui avais offert un verre après l'avoir bousculée au club, renversant le contenu de son Cosmopolitan sur sa robe. C'était le moins que je pouvais faire, mais en y repensant, peut-être que ce n'était pas entièrement de ma faute.

Ai-je été piégé ?

— Je vais trouver comment elle est entrée dans la propriété, monsieur. Donnez-moi juste du temps.

Mikhail n'est pas le plus patient des hommes, et espérer qu'il reste calme alors qu'il y a une prisonnière dans sa maison est impensable.

Mais je ne laisserai rien arriver à sa famille ou aux femmes et enfants qui vivent sous son toit.

Il ne répond pas. Au lieu de cela, il avance dans le couloir et disparaît de la vue de tous en se dirigeant vers le corridor.

Je pousse un soupir de soulagement. Je sais qu'il vaut mieux ne pas s'attirer les foudres de Mikhail, mais amener Lucy sous son toit était un risque.

Qu'est-ce que j'étais censé faire ? J'aurais dû la laisser dehors, appeler une ambulance, et la faire évacuer ?

Alors, je n'aurais jamais su pourquoi elle était là, à se faufiler à l'intérieur, et ce qu'elle faisait. Au moins de cette façon, je le saurai.

Il y a un léger bruissement de l'autre côté de la porte.

Lucy doit être endormie. Je tourne la poignée pour vérifier qu'elle va bien, et une rafale de vent froid traverse la pièce. La fenêtre donnant sur l'arrière de la cour est grande ouverte, et Lucy est perchée sur le rebord, tentant de s'échapper.

TROIS

Lucy

— Qu'est-ce que tu fous ? La voix de Nikita me fait sursauter, et je manque de tomber par-dessus le bord de la fenêtre ouverte. J'ai une jambe dehors et une autre toujours dans la chambre du manoir.

Je dois sortir avant qu'il ne soit trop tard.

Mes mains agrippent les draps qui forment une longue corde de fortune que j'essaie d'utiliser pour descendre. Ils sont attachés au poteau de la tête de lit.

Nikita entre en trombe dans la chambre, et je balance ma jambe par-dessus le rebord de la fenêtre.

Je ne prévois pas de rester dans les parages pour découvrir ce qui va se passer. Je tire sur les draps en tissu et les agrippe en me tenant aux draps et rien d'autre alors que je suis suspendue au bord de la fenêtre.

— Lucy, rentre à l'intérieur.

Nikita me regarde par la fenêtre et m'attrape le bras.

— Lâche-moi ! crié-je.

Mon vacarme ne provoque que davantage d'agitation. Un projecteur se déplace sur le manoir jusqu'à ce qu'il éclaire ma fuite.

Dire que je voulais être discrète et m'enfuir sans me faire remarquer, c'est raté. Je jette un coup d'œil par-dessus mon épaule, et il y a deux gardes armés qui se précipitent vers moi.

Merde.

Je lève les yeux vers Nikita ; sa poigne est ferme sur mon bras alors que je suis suspendüe aux draps noués. Il me tire par-dessus la fenêtre, me traînant à l'intérieur.

— Tu penses que c'est la meilleure façon de sortir d'ici ? gronde Nikita.

— Je ne veux pas aller en prison, dis-je.

S'il était sérieux à propos d'appeler les flics pour intrusion, je veux partir.

— *Malish*, il y a des endroits bien pires qu'une cellule de prison, dit Nikita.

— Je m'appelle Lucy, répète-je et je le dépasse après qu'il m'a aidée à retrouver la terre ferme.

Je me précipite vers la porte. Peut-être que je peux encore sortir d'ici et rentrer à la maison pour dîner, sans finir avec des menottes.

Je suis rapide, mais Nikita l'est encore plus.

Il me piège dans la chambre, me rattrapant à la porte, son dos contre le bois. Nikita est grand par rapport à ma petite taille. Il me surplombe, les bras croisés contre sa poitrine.

— Et où crois-tu aller comme ça ? demande-t-il en me fixant du regard.

Son air bourru me fait frissonner. Je n'ose pas admettre qu'il y a une attirance. Je m'étais intentionnellement mise sur son chemin, le forçant à me croiser au club. Je ne suis pas aussi audacieuse d'habitude, mais quel choix avais-je ?

— Chez moi. (Je suis directe et je ne m'excuse pas du tout.) Ça te dérange ?

Je lui fais signe de bouger, mais il ne bouge pas du tout. Ses pieds sont pratiquement collés au sol.

Il souffle un peu, mais ne s'écarte pas.

— Si je te laisse passer cette porte, au moins deux hommes te retiendront.

— Ils vont appeler les flics ?

Mon estomac se noue à l'idée d'être arrêtée. Je n'ai jamais été à l'arrière d'une voiture de police ou emprisonnée. Ça ne veut pas dire que je n'ai jamais causé d'ennuis et que je ne me suis jamais mise dans le pétrin, ce qui est le cas maintenant.

Les ennuis semblent me trouver.

Je préférerais que ça ne soit pas le cas. Je n'aime pas avoir à regarder constamment par-dessus mon épaule. Mais je suis sûre que ce mammouth d'homme, qui me regarde fixement, ne comprend pas la moindre chose au sacrifice.

— Ça dépend de ce que tu me dis, dit Nikita.

Il tend la main et pose ses mains fortes et chaudes sur mes bras, me faisant reculer de plusieurs mètres jusqu'à ce que l'arrière de mes jambes touche le matelas.

— Assieds-toi, ordonne-t-il.

Je tombe gracieusement sur le lit et mes épaules s'affaissent.

— Je suis désolée, dis-je en jetant un coup d'œil à mes mains sur mes genoux, jouant avec mes doigts.

— Pour quoi ? Avoir sauté la clôture, ou avoir essayé de partir ? Nikita a la langue acérée.

Je grimace à ses mots alors qu'il me surplombe, son ombre m'envahissant tout comme sa présence. Est-ce que j'arriverai jusqu'à la porte si j'essaie de passer derrière lui ?

J'en doute.

— Tu as volé mes clés. C'est pour ça qu'on s'est percutés au club, dit Nikita, réalisant qu'il y a plus dans cette histoire que ce que j'ai dit.

Non pas que je lui ai dit quoi que ce soit. Je ne suis pas assez stupide pour lui révéler qui m'a embauchée.

Ce n'était pas mon idée, de cambrioler sa maison. Qui que ce soit, il est riche et a un haut niveau de sécurité autour de son domicile.

J'aurais dû être attrapée plus tôt.

Je ne réponds pas, et il penche la tête, la secouant d'un air désapprobateur. Il s'avance dans mon espace personnel, et j'inspire vivement, nerveuse. Il pourrait facilement avoir le dessus sur moi.

Je lève les bras, le forçant à reculer, voulant de l'espace. Je ne sais pas ce qu'il a l'intention de faire, mais être coincée dans une pièce avec lui ne faisait pas partie du plan.

— Lâche-moi !

— Je ne t'ai même pas touchée, murmure-t-il.

Mon cœur bat la chamade, et ma respiration s'accélère. Sa proximité est très excitante, et alors que je devrais avoir peur, mon corps réagit positivement. La nuit dernière avec lui, l'air était chargé. Un courant électrique brûlait entre nous, mais je ne l'ai pas laissé me toucher.

Assise sur un tabouret de bar, j'ai l'ordre de chercher Nikita Krylova. On m'a montré sa photo ; j'espère seulement qu'elle est récente. Il est mémorable sur sa photo, et alors que je suis assise et que je sirote un ginger ale, je garde un œil sur la porte.

Je passe une heure au bar et je jette un coup d'œil à ma montre.

L'endroit se remplit de plus en plus de clients, et on m'a ordonnée d'attendre Nikita. C'est l'un des gérants de l'établissement.

Il se montrera.

Du moins, c'est ce qu'on m'avait dit, mais je pense qu'il a mieux à faire ce soir. Je grignote quelques cacahuètes. Mon estomac est agité par un mélange d'anxiété et de faim.

J'aurais aimé manger un morceau avant de venir ce soir, mais être ici n'est pas vraiment mon choix, à moins que mon choix soit de vivre.

Je suis dans un monde d'ennuis, et je suis sur le point de plonger Nikita dans mon chaos.

Désolée.

Il rentre tranquillement par l'entrée arrière. L'entrée principale est trop bien pour lui.

L'homme brille, et alors qu'il n'a pas besoin d'esquisser le moindre sourire, il a déjà attiré le regard de plusieurs femmes.

Deux hommes l'accompagnent, tous les trois portent des costumes voyants. Ils sont canons. Dangereux. Et je dois voler les clés qu'il a sur lui.

Ça ne va pas être une tâche facile.

Mais c'est soit le percuter et lui piquer ses clés, soit rentrer avec lui et les voler après une nuit au lit.

Je préfère la première option. C'est un inconnu, et s'il a des fréquentations comme celles des hommes pour lesquels je suis obligée de travailler, je ne veux plus jamais avoir affaire à lui.

Je transporte mon Cosmopolitan à travers le club et m'arrête, dos à lui. Il me surplombe, et je me glisse parmi les gens qui dansent et discutent. Il y a assez de monde pour que je passe inaperçue toute seule.

La musique est à fond, et je jurerais qu'on dirait un groupe en concert avec l'intensité du rythme et le sol qui vibre à chaque battement.

Je suis pratiquement sous le pied de Nikita, et donc quand il se tourne pour circuler dans le club, il est obligé de me rentrer dedans. Je m'assure de renverser mon Cosmopolitan sur moi et de mouiller sa chemise.

— Merde ! Je suis désolé, s'excuse-t-il avant même de poser son regard sur moi ou de voir les dégâts.

Il grogne et essuie sa chemise.

La plus grosse partie de la boisson atterrit sur ma robe blanche, et quand il réalise que je ne porte pas de soutien-gorge, il se mord la lèvre inférieure, fixant mes seins bien plus longtemps qu'il ne devrait le faire.

— Tiens.

Il enlève sa veste et l'enroule autour de mes épaules. Elle coûte sûrement plus cher que toute ma garde-robe.

— Ce n'est pas nécessaire, dis-je jusqu'à ce que je baisse les yeux et fasse semblant d'être choquée par le fait qu'il puisse voir à travers la robe.

— Et si on s'occupait de toi ? demande-t-il en m'escortant à travers la foule et en montant un escalier de service.

Un panneau en métal est accroché devant, indiquant « Entrée interdite ».

— Tu es sûr qu'on a le droit d'être ici ? lui demandé-je alors qu'il détache la chaîne métallique et me laisse

passer.

— Mon bureau est juste en haut, dit-il.

Je le suis dans l'escalier, et il me conduit à son bureau. Il récupère ses clés dans sa poche et déverrouille la porte, l'ouvrant pour que je puisse entrer.

Il allume la lumière, et il y a des miroirs en verre sans tain qui donnent une ample vue sur la piste de danse et les invités en bas.

— Tu es le propriétaire ? demandé-je.

On ne m'a pas donné beaucoup d'informations sur Nikita, seulement ce dont j'avais besoin pour faire mon travail.

— Je dirige le club, mais je ne le possède pas.

Il n'élabore pas, et au lieu de cela, il traverse la pièce en direction d'une double porte. Il ouvre la porte pour révéler une armoire, récupère une chemise blanche impeccable, et me la tend.

— Ce n'est pas ma taille, dis-je.

Pense-t-il que je vais porter sa chemise et rien d'autre dans le club ?

— Je m'en doutais bien. (Il glousse doucement et me fourre la chemise blanche dans les mains.) Mets-la. Je

peux faire nettoyer tes vêtements avant que tu ne rentres chez toi.

— Où ça ?

Je jette un coup d'œil dans la pièce. Il n'y a aucun signe d'une buanderie, et le bureau ne donne pas l'impression que quelqu'un puisse vivre ici. Bien qu'il y ait un canapé contre le mur près de la porte, il ne semble pas y avoir d'autres pièces de vie.

— Il y a une laverie automatique à deux portes d'ici. Je vais envoyer un de mes collègues s'occuper de la robe.

Je pousse un petit soupir.

— Ce n'est pas nécessaire.

— Mais ça l'est. Je suis Nikita, se présente-t-il, voulant connaître mon nom.

— Lucy, dis-je en rougissant.

Je ne m'embarrasse pas d'une poignée de main, vu que je tiens sa chemise blanche neuve dans mon poing fermé.

Je ne devrais pas donner mon vrai nom. Il serait préférable de prétendre être quelqu'un que je ne suis pas, mais se souvenir d'un mensonge est mille fois plus difficile que de dire la vérité. Et donc, je lui dis exactement qui je suis parce que ça n'a pas d'importance. Il ne saura pas que c'est moi qui ai volé ses clés. D'ici la fin de la soirée, il ne soupçonnera même pas que j'ai pu faire quelque chose pour le trahir.

— Tu as un endroit où je peux me changer ? demande-je.

Il ouvre une porte près du placard et allume la lumière.

— Il y a une salle de bain par ici, dit-il.

Je passe devant lui pour aller à la salle de bains et je ferme la porte. Je suis folle, j'enlève ma robe pour ne mettre qu'une chemise boutonnée. Que se passera-t-il s'il ne me ramène pas ma robe blanche ?

Avec un peu de chance, il le fera, et la chemise est au moins aussi longue que ma robe.

Je ferme la porte derrière moi, la verrouille, et fixe mon reflet dans le miroir. Mais qu'est-ce que je suis en train de faire ?

J'enlève la robe, la laisse tomber sur le sol avec un bruit sourd, et glisse mes bras dans la chemise, en boutonnant les boutons brillants un par un. Lorsque j'ai terminé et que je suis satisfaite de mon apparence, j'ouvre la porte de la salle de bains et me penche pour récupérer la robe tachée et humide.

— Tu es sûre que ce n'est pas un problème ? demandé-je, tenant la robe dans une main et ma pochette dans l'autre.

— Faire laver ta robe ? Aucun problème. Attends ici, dit-il et il sort du bureau.

Quand la porte s'ouvre, une vague de musique retentit dans le bureau. J'avais presque oublié à quel point la musique était forte en bas.

Je ne peux pas voir la cage d'escalier, mais je regarde depuis la vitre sans tain dans la foule. Nikita se fraye un chemin parmi les clients et chuchote quelque chose à un autre gentleman en costume, probablement son collègue.

Il ne faisait pas partie de cet arrangement. Je ne connais pas son nom ou quoi que ce soit sur lui. Il prend ma robe, et il est difficile de voir où il va avec les flashs de lumière et mon attention sur Nikita.

Nikita ne revient pas tout de suite. Je ne sais pas pourquoi il le ferait, mais je suis déçue. Être seule dans son bureau a ses avantages, mais je doute qu'il y ait un autre jeu de clés. Et ce que je cherche n'est pas dans son bureau, c'est chez lui.

Il passe derrière le bar, et prépare des boissons.

Est-ce qu'il aide le barman parce que c'est une soirée chargée ?

Une minute plus tard, il transporte deux boissons avec lui à travers la foule. Nikita retourne vers l'escalier, et je me retourne, croisant les bras devant moi comme si je n'avais pas regardé l'échange.

— Il la récupérera bientôt, dit Nikita en entrant dans le bureau. En attendant, que dirais-tu d'un verre ? Pour me rattraper de la soirée.

Il me tend un Cosmopolitain. Je force un sourire.

— Merci, dis-je.

Il ne se doute pas que ma nuit a consisté à essayer de me rapprocher de lui pour ce trousseau de clés.

— Tu étais ici avec des amis ? Ou un petit ami ? Dois-je dire à quelqu'un où tu es passée ? demande Nikita.

Sa question me fait froid dans le dos, mais je ne sais pas pourquoi.

— Un rendez-vous, dis-je en haussant les épaules. Il n'est pas venu.

— Tant pis pour lui.

Je force un sourire et fais un geste vers le canapé.

— Ça te dérange ?

Je peux aussi bien m'asseoir et me mettre à l'aise. Si j'ai la chance d'avoir gagné l'attention de Nikita pour un moment, alors autant en profiter.

— Pas du tout.

Il force un sourire et me fait signe de m'asseoir. Je m'écroule sur le canapé et je suis soulagée de voir à quel point il est plus confortable que celui de mon appartement.

— Je pourrais dormir là-dessus, marmonné-je en penchant la tête en arrière pour me rendre compte qu'il est plus confortable que mon matelas.

Nikita tire sa chaise de bureau en cuir derrière son bureau et s'assoit en face de moi, me donnant plein d'espace. Il n'essaie pas de me draguer. Devrais-je être offensée qu'il ne semble pas intéressé ? Ce n'est pas comme si je lui envoyais des signaux pour lui dire que je le désire.

Mais c'est bien d'être remarquée.

— Je ne t'ai pas vu ici auparavant, dit Nikita.

— Première fois. C'était la suggestion de mon rencard de venir ici.

— Eh bien, tant pis pour lui s'il ne s'est pas montré.

Il sourit, et son regard me parcourt.

Je me sens tout à fait nue sous son regard. En me décalant sur le canapé, en faisant attention à ce qu'il n'ait pas un aperçu de ma culotte, j'essaie d'être présentable et confortable.

— Tu n'es pas obligé de me surveiller. N'hésite pas à y retourner et à te mêler à la foule.

Je n'ai aucune idée de ce qu'il fait, mais je ne veux pas l'empêcher de travailler. De toute façon, je le verrai plus tard et je pourrai lui piquer ses clés quand il m'apportera ma robe.

Il glousse doucement.

— Malish, mon travail est ici avec toi.

Je ne sais pas ce qu'il veut dire.

— Je t'empêche de travailler ? Je suis désolée, dis-je rapidement pour m'excuser.

Même si ce n'est pas comme si je squattais son bureau.

— Ne t'excuse pas pour quelque chose qui n'est pas de ta faute. (Il est ferme, et son regard est rivé sur moi,

inébranlable.) Comment se fait-il qu'une jolie fille comme toi n'ait pas de petit ami ?

Il fait chaud dans le petit bureau, et j'ai les joues chaudes devant son franc-parler. Il est audacieux. Je ne devrais pas être surprise, vu la raison pour laquelle je suis ici.

— Je préfère ne pas avoir de relation amoureuse avec un homme.

— Une femme ? Il esquisse un sourire en coin.

Pourquoi ne suis-je pas surprise par sa question ? Il est probablement en train de fantasmer sur deux femmes adultes ensemble. Le sourire en dit plus que ses mots.

— Non, je préfère les hommes.

Il se rapproche, la chaise avance de quelques centimètres.

— Tant mieux.

Son regard brûlant se promène sur mon corps, appréciant chaque centimètre de peau nue visible.

Nikita se déplace sur son siège.

— Je n'aime pas les engagements, non plus. Trop de promesses non tenues. Les gens souffrent.

Sa langue sort et effleure sa lèvre supérieure.

— On dirait que tu parles en connaissance de cause.

Je me déplace sur le canapé et glisse mes jambes à côté de moi, en faisant attention à ne pas le regarder. Je connais à peine cet homme. Je ne vais pas lui offrir un spectacle gratuit.

— Tu étais ici pour un rendez-vous mais tu ne préfères pas être engagée romantiquement, me lance-t-il, me rappelant mes mots. Comment ça marche ?

Il est sérieux ?

— Quoi ? Je n'ai pas le droit de sortir avec quelqu'un parce que je ne crois pas aux notions archaïques du mariage ?

Sa bouche est fermée, sa mâchoire serrée.

Je continue ma diatribe.

— Tu es en train de me dire que tu ne sors jamais ? Peut-être que tu préfères juste coucher avec toutes les filles du club, celles sur lesquelles tu renverses tes verres.

Il ne semble pas le moins du monde insulté par ma remarque. Ses yeux brillent sous les lumières du plafond.

— Le Cosmopolitan n'était pas mon verre.

Est-ce qu'il pense qu'il peut me séduire ?

Me conquérir ?

Je ne suis pas un jeu. Le suivre jusqu'à son bureau n'était pas pour avoir une pièce pour être seuls. Monter ici n'était pas la meilleure décision, mais j'ai déjà fait pire.

— Je suppose que non, dis-je en croisant son regard.

Il se penche en arrière sur sa chaise de bureau et étire ses bras, mettant ses mains derrière sa tête.

— Comment as-tu rencontré ce mec ?

C'est quoi toutes ces questions ? Ne croit-il pas que je puisse me trouver un rendez-vous ?

— Un ami nous a présenté.

— Un ami de merde, dit Nikita.

Il ne poursuit pas sa réflexion, et je ne le laisse pas faire.

— Je ne te demandais pas ton avis.

Ses yeux brillent, et bien qu'il n'y ait pas de sourire sur ses lèvres, je soupçonne qu'il bourdonne intérieurement.

Est-ce qu'il aime me faire chier ?

— Quel genre d'ami te laisse te faire poser un lapin par un mec ? Ça ne doit pas être un si bon ami que ça. Je ne traiterais jamais un de mes amis comme ça.

— Tant mieux pour toi, marmonné-je en terminant le cocktail qu'il a apporté dans son bureau.

J'en ai besoin pour faire face à l'ogre assis en face de moi.

Ce n'est pas vraiment un ogre. Bien sûr, il est grand et bien bâti. Mais ce ne sont que des muscles. Qu'est-ce que je donnerais pour le voir déshabillé et sous moi sur le canapé.

Je peux bien rêver.

Mais si je suis honnête avec moi-même, il n'est pas mon type. Il est trop effronté et trop direct. Cet homme ne se soucie pas de mon opinion, seulement de lui-même.

— Tu veux un rencard ? Je peux trouver un de mes collègues pour t'arranger le coup, dit Nikita. Parle-moi un peu de toi.

Il ne peut pas être sérieux. Ma mâchoire vient de toucher le sol car il croise ses bras sur sa poitrine, incline la tête et attend ma réponse.

— Je n'ai pas besoin de ton aide.

— Je n'ai jamais insinué que tu en avais besoin. (Il ne détourne même pas les yeux. Il soutient mon regard.) Mais parfois vouloir et avoir besoin sont deux choses différentes. Je suis sûr que tu peux trouver ton propre

rendez-vous si tu descends dans le club. Mais je me propose de t'aider.

— Tu es un service d'entremetteur ?

— J'ai déjà eu l'occasion de m'y essayer, mais non, je ne dirige pas ce genre d'entreprise. Cependant, tu sembles être une fille intelligente, mignonne et pleine d'atouts. Un certain nombre d'hommes que je connais pourraient être intéressés.

— Je ne suis pas une fille que tu peux prostituer ! Ce n'est pas parce que je ne suis pas intéressée par le mariage que je vais coucher avec quelqu'un parce qu'il a une bite.

— Ta suggestion implique un paiement. Je ne fais pas ça pour l'argent. En plus, j'ai l'impression que mes collègues ne sont pas à la hauteur du défi.

— Défi ?

De quoi parle-t-il ?

— Cinq minutes, et tu les mettrais en pièces.

— Ce n'est ni vrai ni juste ! Tu ne sais rien de moi.

— Tu es impulsive, dit Nikita. Tu m'as suivi jusqu'ici sans poser de questions. Tu es abrasive, audacieuse, et brutalement honnête. Du moins, c'est ce que tu penses

être et le masque que tu portes. Est-ce vrai ? Je ne t'ai pas côtoyé assez longtemps pour en être certain. Je peux voir que tu as déjà été blessée, ou peut-être que tu as vu quelqu'un de proche se faire brûler, et ça a formé ton opinion des hommes.

Je serre les lèvres et regarde vers la porte. Combien de temps encore avant que ma tenue ne soit prête ? J'aurais dû emprunter sa chemise et la porter par-dessus ma robe blanche.

— Tu te trompes.

— Sur quelle partie ? demande Nikita.

Il n'a même pas l'air déçu que je ne sois pas d'accord avec son observation de moi.

— Tout.

Je me lève, bien que je ne sois pas sûre d'où je vais. Se promener dans le club avec seulement une chemise n'est pas la meilleure option. Et Nikita ne m'a pas fait sentir abusée ou le moins du monde mal à l'aise, à part pour sa minutie alors qu'il essaie de comprendre qui je suis.

Il n'en a aucune idée.

Et s'il le savait, il me virerait de son club.

Ou pire.

Je me balance à cause de l'alcool que j'ai bu. Je suis un poids plume. Je bois rarement, et la réalité de la situation, à savoir que je suis éméchée et seule avec un homme dont je ne sais rien, me donne la nausée.

Nikita se lève et s'avance vers moi, ses bras se lèvent pour me stabiliser. Sa poigne se pose sur mes épaules.

— Assieds-toi, ordonne-t-il.

Je retombe sur le canapé, sans la moindre grâce alors que je me balance et que la pièce tourne.

— Tu ne bois pas souvent.

Ce n'est pas une question, mais une observation.

— Je n'ai pas non plus l'habitude de suivre des hommes que je viens de rencontrer dans des endroits étranges.

Nikita enfonce sa main dans sa poche, laisse tomber sans cérémonie ses clés, puis pose son téléphone sur son bureau. Se dirigeant vers le canapé, il s'assoit à côté de moi mais laisse suffisamment d'espace entre nous pour ne pas me mettre mal à l'aise. Il esquisse un sourire.

— Tu es marrante.

— Je fais de mon mieux, plaisanté-je, en essayant de ne pas regarder son bureau où se trouvent ses clés.

J'ai besoin de prendre sa clé de chez lui. Je n'ai même pas besoin de voler la clé. Il suffit d'en faire une empreinte dans la petite boîte en argile qui se trouve dans mon sac à main.

Il ne saura même pas qu'elle a disparu.

— Tu vas me faire ton speech ?

— Mon quoi ? demandé-je.

— Ton discours. Ce qui te rend si géniale que les hommes devraient sortir avec toi.

Je ne sais rien de Nikita à part qu'il dirige le club en bas. Qu'est-ce qui lui fait penser que je veux qu'il m'arrange un rendez-vous avec quelqu'un qu'il connaît ?

— Je peux trouver mes rendez-vous, merci.

— Vraiment ? Parce qu'un rendez-vous à l'aveugle implique...

— Tais-toi ! craqué-je. Tu ne sais rien de moi.

— Exactement ! Et comment suis-je censé t'aider ? Tu sais quoi, laisse tomber. Ça n'en vaut pas la peine.

Bien ! Peut-être qu'il va finalement laisser tomber. Pourquoi ressent-il le besoin d'essayer de jouer les entremetteurs avec moi ?

— On peut faire comme si cette conversation n'avait jamais eu lieu ? lui demandé-je.

— Ce serait un plaisir, dit Nikita.

Il s'étire, prenant plus de place que nécessaire sur le canapé.

Combien de temps encore avant que ma robe soit prête à la laverie ?

— Encore une fois, tu n'as pas à me surveiller.

— Tu l'as dit. Nikita se décale et me fait face sur le canapé.

Ses jambes frôlent les miennes. Ses yeux restent verrouillés sur moi.

J'ignore la chaleur, l'étincelle qui frémit dans le petit bureau. C'est le fait que j'ai bu de l'alcool, et je n'ai pas l'habitude de boire. Il est bel homme, mais son affection pour moi est inexistante.

J'ouvre la bouche pour parler mais ma voix tremble.

— Je veux rentrer à la maison, dis-je.

Va-t-il me laisser sortir et partir sans porter plainte ? Je n'ai rien pris ni fait de dégâts.

La main de Nikita glisse jusqu'à mon cou, et il attrape une poignée de mes cheveux.

— Tu es à la maison, *Malish*, murmure-t-il à mon oreille.

— Quoi ? J'halète et tente de me libérer, mais sa prise ne fait que se resserrer.

— Ce n'est pas ce que tu voulais ? Tu as volé la clé de ma maison.

Ma bouche est sèche. Je ne pensais pas qu'il s'était rendu compte que je l'avais arrachée de son trousseau de clés lorsque nous avions été interrompus dans son bureau.

Il n'était pas parti plus de deux minutes, et bien que j'aie peiné à retirer la clé du porte-clés, lorsque je l'ai eue en ma possession, je n'ai pas pu la remettre sans être vue.

— Je n'ai pas volé ta stupide clé. Si je l'avais fait, tu crois que j'aurais escaladé la clôture et qu'on m'aurait attrapé ?

QUATRE

Nikita

Lucy est audacieuse, et les flammes qui se cachent derrière ses yeux vert foncé attisent une flamme que j'avais apprivoisée. Elle insiste sur le fait qu'elle n'a pas volé la clé de l'enceinte, ma maison.

— Je ne te crois pas, fulminé-je en la repoussant contre le matelas.

Mes mains retiennent les siennes au-dessus de sa tête.

— Ben, je m'en fous.

Elle me regarde d'un air narquois, mais ses pupilles sont sombres, et sa respiration devient plus profonde.

Je jurerais que je peux sentir son parfum, et j'ai envie de lui arracher ses vêtements et de la baiser.

Mais je suis un gentleman.

Ok, je ne suis pas un monstre. Je ne me forcerais jamais sur elle. Et lorsque j'aurai fini, elle me suppliera de baiser sa petite chatte serrée.

— Tu ne m'as pas bousculé dans le bar par hasard.

J'aurais dû le voir hier soir et ne pas être si naïf pour penser qu'une jolie fille pouvait avoir besoin d'aide.

Quelle honte d'avoir cru à son petit numéro.

Il n'y a qu'un seul moyen de savoir qu'elle n'a pas ma clé.

Ma main gauche reste serrée sur ses poignets, liant ses mains ensemble. Je guide ma paume sur ses seins avec ma main droite, m'assurant qu'elle n'a pas de micro caché ou ma clé cachée sous ses vêtements.

— Lâche-moi, espèce de pervers ! crie-t-elle, mais son corps trahit ses désirs.

Elle me désire. La respiration de Lucy est plus profonde, et ses expirations sont rauques et épaisses. Ses paupières deviennent lourdes alors que je titille et caresse sa peau habillée.

Je glousse, sans être du tout offensé par sa remarque. Je me penche et mes lèvres effleurent son oreille.

— Je pourrais ordonner une fouille corporelle, dis-je. Faire venir d'autres hommes pour qu'ils arrachent tes vêtements et s'assurent que tu ne caches pas cette clé ou autre chose sous cette robe.

— Tu es un porc !

C'est tout ce qu'elle a ? Des insultes à me lancer.

Elle se mord la lèvre inférieure alors que je lui caresse la hanche, et elle soupire doucement. Ses yeux se crispent, et je vois sa lutte intérieure. Lucy ne veut pas céder, mais elle le fera, au moment voulu.

— Ecarte les jambes, ordonné-je.

— Tu es un putain d'animal !

— Luka ! Dmitri ! J'appelle des renforts supplémentaires.

Je n'ai pas l'intention de blesser Lucy ou de la forcer à coucher avec moi. Si elle a des craintes, j'amènerai deux autres hommes pour qu'ils soient témoins de ce que j'ai l'intention de faire pour son bien.

Sa respiration se bloque dans sa gorge.

— Détends-toi. Je ne vais pas te faire de mal.

Elle se débat contre ma poigne, son corps se tord contre le matelas, essayant de se libérer, mais elle n'est pas de taille.

Il y a de la panique dans sa respiration. Ses yeux sont écarquillés et son teint sinistre. Je jure que si elle fait encore un choc anaphylactique, je la mets sur le siège arrière de ma voiture et je la conduis moi-même à Steele Medical Concierge.

Des pas lourds se précipitent vers la chambre et poussent la porte.

Je jette un coup d'œil à Luka par-dessus mon épaule.

— De quoi as-tu besoin ? me demande-t-il.

Il est à mes côtés et nous regarde tous les deux, alors que je la tiens plaquée au sol sur le matelas.

— Laisse-moi partir ! hurle Lucy en essayant de se dégager de mon emprise.

N'a-t-elle pas compris que la seule personne qui a le pouvoir de la libérer, c'est moi ?

— Je veux que tu sois témoin du fait que je ne vais pas la toucher, putain.

— Tu es déjà en train de me toucher, grogne Lucy. Lâche-moi.

Elle se redresse pour me mordre.

Je passe ma main sous ses hanches d'un seul coup et la fait tourner sur elle-même, enfonçant sa poitrine dans le matelas pendant que je la plaque dessus. Elle ne peut pas me mordre si elle n'est pas face à moi.

— Elle n'est pas commode, dit Luka.

Il croise ses bras sur sa poitrine et regarde. Il n'aide pas Lucy. Elle n'est pas une invitée dans la propriété. C'est une prisonnière et une voleuse. Bien que je ne puisse pas encore prouver son vol, je le ferai avant la fin de la nuit.

— Dis-moi quelque chose que je ne sais pas déjà, murmuré-je.

Luka regarde, sans m'aider, alors que je la maintiens plaquée contre le matelas et que je laisse mes mains se promener sur sa robe, sur les bretelles de son soutien-gorge et sur ses fesses.

Sa respiration se bloque dans sa gorge. Mon toucher est ferme mais pas rude. Je pourrais lui arracher ses vêtements, et si je ne trouve pas rapidement ce que je cherche, il se pourrait que je doive le faire.

— Tu as fini ?

Elle se tortille contre moi.

Putain.

Ma bite durcit à ses mouvements, et je jurerais que ma tête est au-dessus des nuages. Elle est une putain de séductrice.

Elle sent la vanille et la lavande. C'est enivrant, sans parler de la chaleur qui remplit la pièce.

— Assez ! Je grogne dans son oreille.

Si elle n'essaie pas de m'exciter, alors il faut que je contrôle ma bite.

En plus, je n'ai pas besoin que Luka remarque, quand je descendrai de son petit cul, que je bande pour notre prisonnière.

C'est tout ce qu'elle est, une *prisonnière*. C'est une traîtresse, même si je n'ai pas encore découvert pour qui elle travaille et quel est son plan.

Je passe ma main sous sa jupe, pour m'assurer que la clé n'est pas cachée dans sa culotte. Elle est trempée à travers le tissu fragile, ruisselante pour moi, et son souffle s'arrête dans sa gorge.

Je retire ma main.

Je veux arracher sa culotte et laisser mes doigts glisser sur ses lèvres pour les écarter, la toucher, la titiller, et écouter ses gémissements pendant que je la remplis de mes doigts.

Mais je ne veux pas profiter d'elle.

Lucy doit me supplier de la baiser. Et même dans ce cas, je ne suis pas sûr de m'accorder le plaisir de la voir se libérer. Elle est ici parce qu'elle a escaladé la clôture, pas parce qu'elle a été invitée.

Il doit y avoir des conséquences à ses actions. Et si c'est Mikhail qui décide, ces conséquences seront dures et sévères.

Lucy est délicate. Je ne suis pas sûr qu'elle soit à la hauteur de ce qu'un prisonnier ordinaire pourrait endurer. La torture, l'humiliation, et la nature vile d'être forcé à avouer et à obéir. La plupart des détenus que nous prenons sont des hommes, ennemis de la Bratva, loyaux à la mafia italienne ou au cartel colombien.

Où se situe la loyauté de Lucy ?

Certainement pas du côté de la Bratva.

Je suis presque certain qu'elle ne cache pas une arme ou ma clé manquante, ce qui me semble étrange. Comment avait-elle prévu d'entrer dans l'enceinte ? Allait-elle se faufiler par la porte d'entrée ?

— Où est la clé ? Je la retourne et je grimpe sur son corps.

J'ai besoin de savoir sans aucun doute qu'elle n'a pas caché la clé.

Elle souffle et m'ignore en arrangeant sa robe.

Est-ce qu'elle croit que son silence va la sauver ?

— Réponds-moi ! grogné-je.

Elle doit être sur elle.

Lucy frissonne et pointe son pied vers moi, posant sa chaussure sur ma cuisse.

J'ai oublié ses chaussures. Je retire ses chaussures noires. Elles sont épaisses et lourdes, imposantes, avec un talon de 5 cm d'épaisseur.

En retournant la chaussure, la semelle a des fils épais et un léger contour au centre. J'ouvre le compartiment caché, et à l'intérieur se trouve un objet métallique argenté, caché de tous.

La clé.

Je récupère la clé de la propriété, ferme le compartiment de sa chaussure et laisse tomber la chaussure sur le matelas.

Je voulais avoir tort.

Avec ma main gauche refermée autour de la clé, je tire sur le bras de Lucy et la soulève du lit, la traînant hors de la chambre.

— Où est-ce que tu m'emmènes ? (Sa respiration est saccadée. Ses yeux verts sont écarquillés, et sa voix tremble de peur.) Je suis désolée. Je l'ai rendu. Est-ce que je peux partir s'il te plaît ?

Grognant tout bas, je la pousse brusquement dans le couloir et dans les escaliers.

Luka est juste derrière moi. Il n'a pas dit un mot. Il assimile tout, et je m'attends à moitié à ce qu'il me réprimande pour lui avoir fait confiance.

Mais j'ai vu mes erreurs, et j'essaie de me racheter. Je serai endetté envers Mikhail pour avoir laissé la fille se glisser dans la propriété et avoir pris la clé de la porte d'entrée.

Les serrures devront être changées, et je serai questionné après avoir interrogé Lucy si j'ai la chance de mener tout l'interrogatoire. N'importe quel homme de Mikhail pourrait intervenir parce que je suis trop proche de Lucy.

Je ne peux pas laisser mes doutes obscurcir mon jugement.

Lucy est l'ennemi.

Ce n'est pas juste une jolie fille que j'ai rencontré au club. Elle m'a piégé et trahi. Je ne pardonne pas facilement, surtout quand il s'agit de loyauté et de confiance. Je n'aime pas être dupé et passer pour un idiot.

Je prends son bras et la traîne dans le couloir principal. Luka ouvre la porte de la prison souterraine et allume la lumière pendant que je l'escorte dans l'escalier de pierre.

— Où me conduis-tu ? (Lucy se tortille dans mon emprise, tentant de se libérer, mais ma poigne est trop serrée pour qu'elle puisse fuir.) Tu ne peux pas faire ça !

— Tu t'es conduis toi-même ici. Ton emprisonnement est entièrement ta faute, dis-je.

Nous atteignons le bas des escaliers. Le sol est en béton, et l'air est frais.

Luka déverrouille une des cellules métalliques, une cellule de prison, et je pousse Lucy à l'intérieur.

— S'il te plaît, ne fais pas ça ! hurle-t-elle en se retournant, mais je claque la porte avant qu'elle ne puisse s'échapper.

Les barreaux métalliques la maintiennent confinée dans la cellule. Ses doigts s'agrippent au métal, s'enroulant autour des barreaux. Elle ne peut pas se libérer, même si elle essaie.

— S'il te plaît, sa voix faiblit, et elle est sur le point de pleurer.

— Tu aurais dû y penser avant de décider de voler la clé et de faire intrusion. Vas-tu nous dire ce que tu cherches ?

A-t-elle l'intention de tuer Mikhail ? Elle ne me semble pas être un assassin, mais elle pourrait être en train de jouer la victime innocente. Cependant, je n'ai trouvé aucune arme de quelque sorte que ce soit cachée sur elle.

Luka se racle la gorge et me fait signe de le suivre à l'étage pour parler en privé.

Je m'éloigne de la cellule. Elle n'ira nulle part, pas tant qu'elle sera enfermée dans cette cage.

— Attends ! hurle Lucy.

Elle a les yeux écarquillés, et sa respiration s'accélère, plus forte. L'adrénaline coule dans ses veines. Elle a peur, mais je ne sais pas si c'est dû à son enfermement ou à autre chose qui l'inquiète.

Je ne l'écoute pas. Au lieu de ça, je suis Luka dans l'escalier de pierre et je disparais de son champ de vision.

Lucy se retrouve seule. Il n'y a aucun moyen pour elle de s'échapper, et la cellule de la prison n'est pas vraiment chic. Il n'y a même pas un petit lit. Elle est vide.

Nous ne gardons pas les prisonniers longtemps. Nous les interrogeons et les tuons après avoir obtenu les informations dont nous avons besoin.

Je ferme la porte de la prison, m'assurant que Lucy ne peut pas entendre notre conversation. Je croise mes bras sur ma poitrine.

— De quoi veux-tu parler ? lui demandé-je.

Remonter à l'étage n'était pas mon idée. Je voulais aller au fond des choses et découvrir ce que Lucy sait.

— Tu devrais parler à Mikhail.

— Pourquoi ? demandé-je. Il sait déjà que nous avons fait Lucy prisonnière et qu'elle s'est introduite sur sa propriété. A-t-il d'autres informations que je ne connais pas sur Lucy ?

Le regard de Luka ne vacille pas, et j'ai l'impression que lui demander ne va pas aider ma cause.

— D'accord, marmonné-je et je me dirige au bout du couloir. (Je jette un coup d'œil à Luka par-dessus mon épaule.) Personne d'autre que moi n'interroge la prisonnière !

Je ne veux pas que quelqu'un d'autre s'approche de Lucy. Elle est à moi.

Mikhail est dans son bureau, et je toque fermement en entrant. Il est assis derrière son bureau, l'attention portée sur son ordinateur portable.

— Vous vouliez me voir, monsieur ? demandé-je.

— Entre, ferme la porte, veux-tu ?

Je ferme la porte derrière moi et m'assois en face de lui sur le fauteuil en cuir noir en face de son bureau.

— La fille est détenue au sous-sol, dis-je, le rassurant sur le fait que sa famille est en sécurité.

— Anton a mentionné qu'elle était la fille du club d'hier soir.

Rien n'échappe à Mikhail.

— Oui, j'ai fait tomber sa boisson sur sa robe hier soir.

Il sourit de façon trop entendue.

— Ce que je suis sûr qu'elle avait prévu. C'est elle qui est responsable de la disparition de ta clé ?

— Oui, elle avait la clé en sa possession.

Je la récupère dans la poche de mon pantalon et la montre à Mikhail.

— Je fais changer les serrures de tout le domaine et installer des serrures supplémentaires sur les portes principales pour plus de sécurité.

Je ne prends pas la peine de lui demander si c'est nécessaire. Mikhail est en charge. Ses paroles sont des ordres.

— Et pour la clôture ?

C'est par là qu'elle était entrée. Lucy avait été amenée dans la résidence parce que je l'avais portée à l'intérieur après l'incident. Mais son apparition sur le terrain avait été une surprise.

— Je vais engager des entrepreneurs pour changer les clôtures et sécuriser la propriété. Le coût sera prélevé sur ton salaire.

J'ai la bouche sèche. Ce n'est pas prudent de contredire le Pakhan.

— Bien sûr, monsieur.

Au moins, je vis sous son toit. L'argent supplémentaire est plutôt copieux, mais ce n'est pas une nécessité pour pouvoir vivre. J'ai réussi à économiser assez d'argent pour que la perte d'une ou deux payes ne soit pas catastrophique.

— Anton va enquêter sur toutes les dettes qu'elle pourrait avoir et si elle a récemment reçu des fonds de sources illicites.

— Vous suspectez le cartel ?

Lucy travaille avec quelqu'un. Je ne suis juste pas sûr de qui elle aide ou pourquoi. Je n'ai pas remarqué de bague à son doigt, mais ça ne veut pas dire qu'elle n'est pas déjà engagée. Elle pourrait être mariée à un membre du cartel, ou de la mafia. Cependant, je ne l'ai jamais vue avant la nuit dernière.

— Je soupçonne tout le monde, dit Mikhail. Il serait sage d'interroger la fille, de découvrir ce qu'elle sait et pour qui elle travaille.

— Peu importe pour qui elle travaille, ce n'est pas par loyauté.

Il y a quelque chose chez Lucy qui semble authentique quand je suis près d'elle ; du moins, c'était le cas hier soir au bar. Elle aurait pu se jouer de moi, me séduire, et me distraire.

J'avais été négligent en laissant mes clés sur le bureau, lui permettant de me voler. Les aurait-elle volées de ma poche si je n'avais pas été aussi négligent ? Il est peu probable qu'elle soit douée pour le pickpocket, sinon elle les aurait dérobées dans le club et aurait évité de passer une minute seule avec moi.

— Tu soupçonnes un chantage.

— J'ai passé assez de temps avec elle au club pour être sûr qu'elle n'est pas ici parce qu'elle le veut. Quelqu'un a quelque chose sur elle.

— C'est possible. On verra si Anton trouve quelque chose quand il fera ses recherches. Tu as déjà établi un lien avec la prisonnière. Je veux que tu t'occupes de l'interrogatoire.

— Je le ferai, monsieur.

La pensée de Luka ou Dmitri dans la cellule de la prison avec elle fait battre mon pouls. Je dois être celui exigeant qu'elle dévoile ses secrets après ce qu'elle a fait. Elle me doit la vérité et rien que la vérité.

Mikhail a terminé, et je me lève, me dirigeant vers la porte.

Luka est parti, non pas que je m'attende à ce qu'il soit resté. Il a d'autres choses à faire, notamment sa demande en mariage à Hannah, qui ne s'est pas déroulée comme prévu. Mais ce n'est pas un homme qui abandonne, pas quand il s'agit de sa famille et de l'amour de sa vie.

Je n'aurais jamais cru voir cet homme se poser et fonder une famille. Mais ce n'est pas comme s'il avait planifié tout ça.

Moi, je ne suis pas du tout intéressé par une histoire d'amour. Il y a déjà assez d'enfants qui courent dans la propriété ; le calme a été de courte durée après le départ d'Aleksandra avec ses jumeaux, Sophia et Liam.

Aleksandra est la petite sœur de Mikhail et une bonne dose de problèmes. J'avais l'habitude d'emmener ces jumeaux à l'école, mais que le ciel m'aide si je devais les garder. Je ne suis pas doué avec les enfants. Je ne supporte pas leurs mains collantes et leurs gémissements constants pour être diverti. Quand j'étais enfant, aucun adulte ne passait des heures à faire semblant de s'intéresser à des jeux idiots.

Je ne suis pas fait pour être parent. Je ne prétends pas aimer les enfants. Je les traite comme on gère un animal de compagnie, avec de la nourriture et de l'eau, et je les laisserais gambader librement dans la cour.

C'est probablement pourquoi Hannah ne m'a pas demandé de m'occuper de Bay, et Madisyn ne veut pas que je m'approche de Kira. Parfait.

J'ai assez de travail à faire, avec Mikhail qui donne des ordres à toute heure du jour et de la nuit. Je jurerais que l'homme ne ferme jamais l'œil. Non pas que je fasse beaucoup mieux.

Je me dirige vers le sous-sol, je déverrouille la porte et l'ouvre, descendant les escaliers à grands pas. Mes chaussures claquent contre les pierres. Le couloir est sombre, mais la prison en bas est fortement éclairée. C'est intentionnel, il est difficile pour un prisonnier de dormir ou de savoir combien de temps s'est écoulé. Il n'y a pas de fenêtres dans le sous-sol.

Et la prison elle-même est insonorisée par rapport au reste de l'enceinte afin que personne ne puisse entendre ce qui est fait au captif. C'est une bonne chose, car cela permet d'éviter les bruits gênants des interrogatoires brutaux, mais maintenant, c'est d'autant plus important avec les enfants qui courent au rez-de-chaussée. Il vaut mieux qu'ils ne sachent pas ce qui se passe au sous-sol.

La porte est toujours fermée à clé. Non pas que nous soyons inquiets qu'un prisonnier puisse s'échapper. C'est plutôt le contraire. Aucun d'entre nous ne veut que les enfants ou leurs mères se promènent sans être invités dans les cellules froides et découvrent ce qu'on nous demande de faire.

Madisyn n'est pas inconsciente de la tâche à accomplir, elle est une ancienne agent du FBI. Hannah, infirmière à Steele Concierge Medical, n'a pas vu la brutalité exigée de nos hommes, et nous préférons tous qu'il en reste ainsi.

Une telle brutalité ne peut être ni vue ni entendue.

Lucy est assise par terre, les jambes croisées et les mains posées sur ses genoux, paumes vers le bas. Elle semble bien plus calme que tous les prisonniers que j'ai vus dans nos cellules.

Ses yeux sont fermés, et la fille a l'air plus paisible que jamais.

Est-ce qu'elle médite ?

Ce n'est pas censé être des vacances où elle peut se détendre et se relaxer.

— Lève-toi ! dis-je, et ses yeux s'ouvrent en un éclair.

Elle me fixe avec un air menaçant et agacé. Est-ce que c'est parce que j'ai interrompu son rituel ? Eh bien, tant mieux. Elle est ici en tant que prisonnière. Lucy devrait ramper et s'excuser, supplier pour sa liberté.

Je n'aime pas ce côté d'elle, indifférente. Elle ne semble pas du tout inquiète de sa captivité.

Pourquoi ça ? Pour qui travaille-t-elle ? Elle pense qu'ils vont la sauver ?

— Personne ne viendra te chercher, l'avertis-je en m'approchant de la cellule.

Lucy se lève et époussette sa robe. Elle lui arrive juste au-dessus du genou, et le jaune vif contraste fortement avec les murs et le sol gris.

— Combien de temps vas-tu me garder en détention ? Je n'ai pas droit à un coup de fil ? plaisante Lucy.

Je ne sais pas si elle est sérieuse, mais je lui offre un sourire en coin.

— Nous ne sommes pas la police.

Elle passe devant moi, son regard cherchant sans but quelque chose. Une caméra de sécurité ? Nous en avons beaucoup dans la prison et dans tout le domaine. La plupart sont difficiles à détecter, cachées à la vue de tous.

— Qui es-tu ? demande Lucy, en pressant ses lèvres l'une contre l'autre avant de se mordre la lèvre inférieure.

Elle essaie de la jouer cool, mais ses mains tremblent à ses côtés avant de croiser ses bras sur sa poitrine.

— C'est moi qui pose les questions. (Je m'approche de la cellule de prison.) Pour qui travailles-tu ? Je sais que tu n'as pas décidé de voler ma clé pour le plaisir.

— J'aurais pu, plaisante-t-elle, puis elle grimace.

Est-elle inquiète d'en avoir trop dit ?

Je déverrouille la porte de la cellule de la prison.

Lucy fait un pas en arrière, ses yeux s'écarquillent en me regardant. Je ferme la porte derrière nous, en glissant la clé dans la poche de mon pantalon. Je ne suis pas prêt à la laisser s'échapper.

— On peut faire ça de la manière douce ou de la manière forte.

— Et si tu me laissais rentrer chez moi ? Tu as ta stupide clé. Je m'en vais.

Ses chaussures traînent sur le béton alors que son regard se pose sur la porte métallique.

— C'est fermé. Je lui rappelle qu'elle ne va nulle part sans une escorte.

Ses yeux tressaillent, et elle s'élance vers moi, pointant son poing vers mon visage pour un uppercut.

Lucy est petite, avec un peu plus d'un mètre cinquante. Je fais trente centimètres de plus qu'elle, et il n'y a aucune chance qu'elle me maîtrise.

J'attrape son bras, je le coince dans son dos et je la presse contre moi. Je ne veux pas prendre le risque qu'elle tente à nouveau quelque chose.

— Et si on parlait ?

Ce n'est pas vraiment une question. C'est sa chance de rédemption.

J'ai besoin de réponses, et elle va me les donner.

— Bien, grogne-t-elle, et je desserre mon emprise sur elle.

Elle fait un pas en arrière, frottant son poignet que je tenais quelques instants plus tôt. Ses narines se dilatent et elle me regarde.

— Dis-moi pour qui tu travailles.

Je suis dos à la porte, mais elle est fermée et verrouillée. Le poids de la clé de la cellule est lourd dans ma poche. Au moins, elle n'est pas une très bonne pickpocket. Elle en avait amplement l'occasion quand je la tenais.

— Tu peux aussi bien me tuer, dit Lucy.

— Et pourquoi ça ?

— Je suis morte si je parle.

Elle presse ses lèvres l'une contre l'autre et jette un coup d'œil vers les escaliers.

Est-ce qu'elle espère que quelqu'un va venir la sauver ? La porte de l'étage est verrouillée, et je n'ai entendu aucun homme descendre les escaliers. Il n'y a que nous deux.

Je ne suis pas assez stupide pour me retourner et lui donner l'avantage en lui tournant le dos.

— Qui a parlé de te tuer ?

Sait-elle que nous sommes la Bratva russe ?

Si c'est le cas, alors c'est un bon indicateur qu'elle travaille avec un de nos ennemis, soit Carlos Sanchez du cartel colombien, soit Antonio Moretti de la mafia italienne.

Sa langue sort et passe sur sa lèvre supérieure.

— Bien, alors laisse-moi partir.

Mon téléphone vibre dans ma poche et je le sors pour regarder les messages d'Anton sur l'écran.

L'historique est lourd de dettes. Hypothèque non remboursée. Pas de résidence récente enregistrée dans le dossier. Il semble qu'elle ait perdu son dernier emploi lorsque la société d'investissement pour laquelle elle travaillait a fait faillite et a été fermée après une enquête de la Securities and Exchange Commission.[1] *Actuellement employé à Java Beans.*

Je réponds par un *merci* rapide et range mon téléphone dans ma veste.

La voix de Lucy tremble.

— Qu'est-ce que c'était ?

— A part mon téléphone ?

Elle met ma patience à l'épreuve. Non pas que je m'attende à ce qu'elle soit ouverte comme un livre et qu'elle divulgue tous ses secrets, mais ne veut-elle pas sortir d'ici ? Si elle a la moindre idée de qui nous sommes, elle passerait un accord et tenterait de se sauver.

Elle ne dit rien, se contente de me fixer de ses yeux verts maussades.

— Tu fais quoi, un mètre cinquante ? lui demandé-je.

Lucy est petite, et bien que je ne cherche pas à être impoli, il y a un moyen pour elle de payer sa dette après que nous ayons établi quelques règles de base. En supposant qu'elle soit prête à m'obéir.

Je l'ai insultée.

— Un mètre soixante. Et quelle importance a ma taille ? Tu te demandes comment j'ai réussi à escalader ton précieux portail ?

Cette fille a du caractère, et il va falloir en finir avec ça, ainsi qu'avec sa liberté.

— Continue de parler.

Lucy s'approche de moi.

— Il y a un angle mort dans le coin arrière du système de sécurité entre la clôture et le jardin.

Nous l'avons remarqué après qu'elle ait réussi à exposer le problème avec notre système. La couverture entre les deux caméras était de moins de trente centimètres, mais elle l'a remarqué et a essayé d'en profiter.

Mais je doute qu'elle soit derrière tout ça.

— Qui t'a parlé de l'angle mort ?

— Personne. (Son visage perd sa couleur. Ses joues rubis sont pâles.) Je veux un avocat.

— Ce n'est pas un commissariat de police. Tu n'as aucun droit, je répète. Tu as dit que si tu parlais, quelqu'un te tuerait. Qui ?

J'ai besoin du nom de la personne pour qui elle travaille. Qui l'a poussée à faire ça ?

— Tu ne peux pas me protéger.

— Je peux si tu coopères avec nous, dis-je. Qui t'a envoyé ?

Elle frissonne et se détourne, refusant de répondre.

Je me rapproche. Je n'aime pas son attitude ni le fait qu'elle ne veuille pas me dire tout ce que je veux savoir.

— Ça peut devenir beaucoup plus compliqué pour toi, lui chuchoté-je à l'oreille.

Lucy se retourne et me fixe du regard.

— Vas-y, tue-moi.

Ne tient-elle pas à sa vie ?

Ses mains tremblent, et elle les cache en croisant ses bras sur sa poitrine.

Elle travaille pour la mafia ou le cartel. Je suis certain qu'ils sont derrière ce complot et qu'elle n'est qu'un pion dans leur jeu.

Je dois juste la convaincre de me faire confiance, ce qui ne sera pas facile. Mais je suis prêt à relever le défi, et je n'ai jamais été aussi motivé.

CINQ

Lucy

Même si je voulais me confier à Nikita, mon ravisseur, ce serait mon dernier souffle.

Il me tuerait. Et s'il ne le fait pas, ils le feront.

Ils m'ont menacé, m'ont prévenu qu'ils regardent toujours et qu'ils ont un homme infiltré. Je n'ai pas d'autre choix que de les croire.

Ma vie est en jeu.

Et la *sienne* aussi.

Ma vie n'a pas d'importance. C'est la vie de mon fils qui m'inquiète. Il a six ans, et il serait terrifié s'il avait la moindre idée de ce qui se passe.

Heureusement, il est chez ma sœur, Katie, jusqu'à ce que les choses se tassent. Je ne pouvais pas le laisser seul.

Katie s'est rendue à New York avec le premier vol qu'elle a pu trouver et a récupéré Zion, puis elle a fait demi-tour et l'a ramené chez elle pour le protéger.

N'importe quel endroit est plus sûr qu'avec moi.

Est-ce que Nikita sait pour Zion ? Il n'a pas demandé pour mon fils, mais pourquoi le ferait-il ? Il se fiche probablement que je sois une mère. Pas s'il ressemble aux hommes qui ont menacé mon fils.

— Je ne vais pas te tuer, dit Nikita.

Mon souffle se bloque dans ma gorge. Je ne le crois pas. Ce serait trop facile pour lui de me laisser partir, de me renvoyer chez moi.

Il me fixe, et j'essaie de ne pas trembler devant son regard d'acier.

— On a fait des recherches sur toi, dit-il, sans s'excuser le moins du monde de son intrusion dans ma vie privée.

Ils ont dû voir que j'ai un fils et que la banque a saisi ma propriété.

— Tu vas me laisser partir ?

Ses sourcils se froncent.

— Où habites-tu ? demande-t-il.

— J'ai un endroit où loger, dis-je énigmatiquement.

S'il n'a pas trouvé l'adresse de la propriété où je réside, je n'ai pas l'intention de le lui dire.

— C'est peut-être vrai, mais tu nous es redevable pour ce soir.

— J'ai rendu la clé. Je le jure, je n'ai pas fait d'autre copie.

Son regard tressaille.

— Ça n'a pas d'importance. Il faut refaire les serrures, remplacer la clôture et améliorer le système de sécurité, et tout ça à tes frais.

— Quoi ? (Est-ce qu'il est fou ? Ma voix se bloque dans ma gorge et je me tords les mains.) Combien ça va coûter ?

Là, je paierais n'importe quoi pour sortir de cette stupide cellule de prison, mais c'est pas comme si j'avais de l'argent de côté.

Si c'était le cas, je ne séjournerais pas dans ce motel de merde.

Ma sœur a été assez gentille pour payer son vol et celui de Zion. Elle n'a aucune idée de ce qui se passe, seulement que je suis tombée sur quelque chose que je ne devrais pas, et que nos vies sont en danger.

Si je lui dis quoi que ce soit de plus, elle pourrait se faire tuer. Je ne veux pas faire ça à Katie ou risquer de mettre en danger la vie de Zion.

— Tu vas travailler pour nous, dit Nikita.

— Travailler pour vous, comment ?

Je ne sais pas ce qu'il prépare, mais mon estomac se noue. Est-ce qu'il veut que je lui fournisse des armes ou de la drogue illégalement ?

Quoi qu'ils fassent pour vivre, ce n'est pas typique pour un homme d'avoir une cellule de prison dans son sous-sol.

— Tu travailleras au Club Sage.

C'est le bar où je suis tombée sur Nikita la nuit dernière. Ce n'était pas par hasard que j'étais là, mais je n'avais pas l'intention d'y retourner.

— En tant que quoi, danseuse ? Je me moque de sa suggestion.

Son regard se promène sur mon corps, et il secoue la tête.

— Tu n'as pas le corps d'une danseuse. Tu seras serveuse.

— Tu es un connard.

Il ricane.

— Tu préfèrerais danser ? Je suis sûr que beaucoup d'hommes aimeraient te voir remuer ton cul pour eux. Tu pourrais même te faire plus d'argent.

— Je serai serveuse, dis-je en revenant sur ma remarque.

Je ne veux pas danser pour lui ni pour personne d'autre.

Il hoche la tête rapidement et me regarde.

— Bien. Hannah m'a dit que tu es une barista. Ça ne devrait pas être trop difficile pour toi de gérer les commandes de boissons.

Je me suis posé des questions sur Hannah, mais toute cette histoire est floue depuis que j'ai été piqué.

— Comment connais-tu Hannah ?

Est-ce qu'elle travaille pour la Bratva ? On m'a prévenu que les hommes que je devais voler étaient vicieux et impitoyables et qu'ils me tueraient si j'étais attrapée.

Je ne connais pas grand-chose sur Hannah à part ses commandes de boissons et comment elle prend son café. Elle passait au café plusieurs fois par semaine, commandant toujours la même boisson avant d'aller au travail.

Elle est passée pendant le déjeuner quelques fois, portant sa blouse et son badge, et c'est comme ça que j'ai découvert où elle travaille. Son nom était sur sa commande de boisson et griffonné sur le gobelet à emporter couleur crème.

Nikita ne répond pas à ma question. Pourquoi est-ce que je m'attendais à ce qu'il me dise quelque chose ? Ce n'est pas comme si j'avais été coopérative avec lui.

Son téléphone vibre à nouveau, et il le prend dans la poche de son manteau. Il lève les yeux de son appareil vers moi.

— Qui est Zion ?

Ma bouche est sèche. Je ne réponds pas à sa question. Si je lui mens, je ne suis pas sûre de ce qui arrivera à mon fils ou à moi. Mais si je lui dis que j'ai un enfant, qu'arrivera-t-il à mon adorable et innocent enfant de six ans ? Je ne veux pas mettre sa vie en danger.

— Lucy, la voix de Nikita contient un avertissement alors qu'il se rapproche de moi. Allais-tu me dire que tu as un fils ?

Il sait déjà pour mon enfant. Pourquoi demander s'il a déjà la réponse ? Ce n'est pas comme si Zion était un secret. Je lui ai donné naissance dans un hôpital ; il y a des archives, j'en suis sûre, qu'on pourrait facilement découvrir en ligne sans trop creuser. J'ai fait appel à un donneur de sperme parce que je voulais un enfant plus que tout, et je ne peux même pas le protéger.

— Non, chuchoté-je. Ce ne sont pas tes affaires.

— Et il est où, à la maison, tout seul ?

— Tu crois honnêtement que je laisserais un garçon de six ans seul à la maison ? (Je suis consternée par sa suggestion. Ne connaît-il rien aux enfants ?) Il va bien. Il est avec quelqu'un.

Je ne vais pas développer. Je suis sûre que s'ils veulent savoir où il est, ils le découvriront par eux-mêmes.

— La famille ? demande Nikita.

Son regard ne bouge pas, et je n'arrive pas à comprendre ce qu'il pense.

Je ne réponds pas.

— Je vais prendre ton silence comme une confirmation qu'on s'occupe de lui et de son bien-être.

— Tu es inquiet pour mon fils ? C'est absurde. Tu m'emprisonnes, moi, sa mère, et maintenant tu t'inquiètes du bien-être de mon enfant ?

La mâchoire de Nikita se serre. Est-il agacé par moi ou perturbé par le fait que je ne tombe pas à ses pieds pour le supplier de me pardonner et de me laisser la vie sauve ?

Il jette un bref coup d'œil à sa montre avant de fouiller dans sa poche de pantalon pour trouver la clé de la cellule de la prison.

— Je te ramène chez toi. Demain, tu commences à travailler au Club Sage.

Je n'apprécie pas le moins du monde qu'il me donne un travail. J'ai déjà un boulot, je travaille à plein temps au café. Je n'ai pas besoin d'un autre travail. En plus, celui-là ne va pas me payer un centime.

En m'escortant hors de la cellule, il me fait signe de monter les escaliers devant lui.

Les marches sont sombres et étroites. Je l'avais à peine remarqué en descendant, mais l'air est frais, et je frissonne en enroulant mes bras autour de moi pour me réchauffer. La prison était-elle aussi froide ? Je n'ai pas remarqué, j'avais trop chaud en pensant à Nikita et à comment je sortirais d'ici vivante.

J'essaie la poignée de la porte, mais elle est verrouillée et ne bouge pas.

— C'est une mauvaise blague ? lui demandé-je, en le regardant par-dessus mon épaule.

— Pousse-toi, dit-il en me faisant signe de m'écarter du chemin.

Il déverrouille la porte et m'attrape le bras, m'empêchant de prendre trop d'avance sur lui.

Est-ce qu'il pense que je vais m'enfuir ? Je ne sais même pas de quel côté est la porte pour sortir d'ici.

Nikita est rude et ferme ; ses doigts s'enfoncent dans mon bras, laissant une empreinte derrière eux.

— Tu veux bien te détendre ?

Il me jette un coup d'œil en arrière, se rendant compte de sa force et sa poigne se relâche suffisamment pour me garder prisonnière, mais il ne me fait plus mal.

Il ne s'excuse pas.

Non pas que je devrais en attendre beaucoup de lui.

Un autre gentleman avance à grands pas dans le couloir vers nous.

Il est plus grand que moi, avec une barbe épaisse et des cheveux noirs. Dès qu'il ouvre la bouche pour parler, son accent russe épais remplit la pièce.

— Qu'est-ce qu'elle fait encore en vie ?

Ma bouche devient sèche, et j'essaie de me libérer de la poigne de Nikita.

— Elle est mon problème, dit Nikita, et j'ai l'intention de m'en occuper, patron.

Je regarde les deux hommes. Est-ce que Nikita a menti à propos du travail ? A-t-il l'intention de m'emmener hors de la ville pour m'exécuter ?

— Bien.

Le patron ? C'est le chef de la famille ? Du peu que je sais d'eux, ils sont une Bratva russe, ce qui ferait de lui Mikhail Barinov, le Pakhan.

Si je peux échapper à Nikita, j'irai jusqu'à Chicago, récupérerai Zion et partirai vers l'ouest, au milieu de nulle part.

J'ai déjà vécu au milieu de nulle part, j'ai grandi dans une petite ville du Montana. La vie à la campagne n'a jamais été aussi intéressante.

Nikita me traîne dehors. Il fait nuit, et il n'y a même pas une étoile visible sous la masse de nuages qui nous surplombe. L'air est frais, avec un soupçon d'humidité comme quelques gouttes de pluie sur ma peau.

Je me fiche d'être mouillée. J'ai besoin de fuir Nikita et la Bratva. Ils ne vont pas me laisser partir, et même après avoir payé ma dette aux hommes, qui peut affirmer qu'ils me laisseront un jour libre ?

Mon fils est en danger. Ma vie est en danger.

Je dois m'échapper.

Mais courir et tenter de sauter la barrière, je doute d'avoir de la chance deux fois. J'ai Nikita attaché à moi, sa poigne est ferme et il m'escorte jusqu'à son 4x4 noir. Il ouvre la portière d'un coup sec.

— Monte, dit-il. C'est un ordre.

Je monte sur le siège avant et attache ma ceinture de sécurité.

— Ce n'est pas nécessaire. Ma voiture est juste de l'autre côté de la clôture, dis-je en montrant la direction dans laquelle je suis venue.

— Je suis sûr qu'elle l'est, marmonne-t-il et claque la porte côté passager.

Nikita se précipite du côté conducteur au moment où la pluie se met à tomber.

Il monte dans la voiture, démarre le moteur et allume les essuie-glaces.

— Où est-ce que tu m'emmènes ? demandé-je, ma voix tremblant quand je parle.

Je ne veux pas montrer que j'ai peur, mais je triture mes mains sur mes genoux. Ce n'est pas comme si j'avais beaucoup d'options en ce moment.

Il a une arme à la hanche, mais je n'ai pas repéré d'autres armes. Je pourrais essayer de m'enfuir, mais pas avant d'être en dehors de la zone et d'avoir une vraie chance.

La pluie pourrait me sauver.

Surtout si la visibilité empire et le ralentit.

Nikita conduit le véhicule à travers l'entrée principale alors que les gardes ouvrent le portail pour nous. Il fait un virage serré à gauche, et je suis sur le point de m'enfuir quand il s'arrête près de mon véhicule. Je suis garée de l'autre côté de la rue.

Il savait quelle voiture était la mienne. Il y en a deux autres garées dans la rue devant d'autres propriétés.

Que sait-il d'autre ?

— Sors.

La pluie tombe à verse, et je n'attends pas qu'il change d'avis. Je sors du 4x4 et je me précipite vers ma voiture.

Merde.

J'ai perdu mes clés quelque part dans le jardin après avoir escaladé la clôture. Mon téléphone est dans la boîte à gants, mais les portes sont verrouillées.

La pluie n'a jamais été aussi utile. Je passe devant mon véhicule, il ne sert à rien pour le moment. Demain, je m'occuperai de trouver un serrurier pour ouvrir la voiture et faire une nouvelle clé.

Je parcours un pâté de maisons sous la pluie avant que Nikita ne s'arrête à côté de moi et baisse la fenêtre du côté passager.

— Monte.

— Je préfère marcher, dis-je.

Un éclair illumine le ciel, et je frissonne quand le tonnerre gronde au-dessus de ma tête.

— Ce n'est pas une question.

Le ton de Nikita est ferme, et il avance à mon rythme tandis que je marche le long de la route.

Je suis trempée. Mes cheveux sont dégoulinants d'eau, et ma robe me colle au corps.

— Je ne retournerai pas dans ton stupide donjon.

— Tu vas attraper froid.

— C'est un mythe. En plus, je préfère mourir d'hypothermie que de tes mains.

— Aïe.

Il appuie sur l'accélérateur et démarre.

— Bien, marmonné-je et je le regarde freiner brusquement un peu plus loin.

Qu'est-ce qu'il fait ?

Il laisse le moteur allumé ; les feux de détresse commencent à clignoter tandis qu'il sort sous la pluie et attrape un parapluie. Il a peur d'être un peu mouillé ?

J'ai presque envie de courir entre les deux propriétés, mais je ne veux pas que quelqu'un appelle les flics parce que je suis entrée par effraction. Je me suis déjà attirée assez d'ennuis pour aujourd'hui.

Nikita porte son parapluie sombre, se couvrant de la tempête.

— Tu mets ma patience à l'épreuve. Monte dans la voiture.

— Tu devrais rester au sec, dis-je. Ne t'approche pas trop près. Je pourrais te refiler la peste.

Il renifle à ma remarque.

— J'ai dit que tu vas attraper froid, pas la peste. Allez, viens. Je vais te conduire chez toi.

Il m'attrape le bras et me ramène sans cérémonie à son véhicule qui l'attend.

J'ai peur de demander, mais les mots s'échappent de mes lèvres.

— Est-ce que tu sais au moins où j'habite ?

— Soit je te suis chez toi, soit je t'y emmène, tu choisis, dit Nikita.

— Tu es le premier gars que je connais qui est honnête sur le fait d'être un harceleur.

Je monte sur le siège avant, trempant le cuir.

Il se glisse du côté conducteur et ferme le parapluie, restant remarquablement sec pour la forte averse dehors.

— Tu as beaucoup de harceleurs ?

Il a l'air inquiet, mais je suis sûre que je me trompe. Pourquoi serait-il inquiet ? Il vient de me retenir captive et me force à rembourser ma dette, qui n'est même pas la mienne.

Mais qui suis-je pour discuter sémantique ? S'il est prêt à me ramener à ce motel minable, je peux au moins avoir une bonne nuit de sommeil et faire face à cette situation merdique demain.

Nikita pousse un lourd soupir.

— Adresse.

Je ne connais pas l'adresse de l'hôtel.

— Je vais te montrer le chemin. Tourne à droite au stop, dis-je.

Il ne me répond pas, mais il suit mes indications, et lorsque nous nous garons devant le motel miteux, le silence est rompu.

— Tu vis ici ? demande-t-il.

— C'est un endroit pour me poser pendant un moment, dis-je.

Je ne suis pas fière de la saisie de ma maison, mais je tire le meilleur parti d'une situation autrement mauvaise. J'ai un toit au-dessus de ma tête et de la nourriture sur ma table. Le reste, je le gère au fur et à mesure.

— Et si je te trouvais une chambre à...

— Non, merci. (Je n'ai pas besoin de faveurs. Je dois déjà beaucoup trop à la Bratva.) Je peux me permettre le Sunshine Inn, dis-je. Tout autre endroit serait hors de mon budget.

Nikita ouvre la bouche, mais je lui lance un regard, et il se ravise.

Je déverrouille la portière du 4x4 et l'ouvre, sans me soucier du fait que la pluie ne faiblit pas.

— Sois prudente. Cet endroit peut être dangereux.

— Je peux me débrouiller, dis-je.

Il ne propose pas son parapluie, mais même s'il le faisait, je ne le prendrais pas. Je ne veux rien que je doive payer, y compris emprunter un parapluie. Une petite pluie ne va pas me tuer. Je vais rentrer, prendre une douche chaude, et me glisser sous les couvertures.

— Je suis sûr que tu le peux, marmonne Nikita. Tes clés de voiture, dit-il en me les tendant alors que je sors du véhicule.

— Tu es un connard.

Je claque la portière passager et me précipite vers la troisième porte en partant de la gauche. Au moins, la clé de ma chambre d'hôtel est attachée aux clés de la voiture. J'avais supposé que je devrais passer à la réception pour qu'on me laisse entrer dans ma chambre.

Pourquoi m'a-t-il laissée sous la pluie alors qu'il avait mes clés de voiture ?

Qu'est-ce qui ne va pas chez lui ? Je me précipite à l'intérieur de l'hôtel et verrouille la porte. Pas que ça importe. Je suis sûre que Nikita pourrait défoncer la porte s'il voulait entrer.

C'est pour ça qu'il a gardé mes clés ? Il en a fait une copie, comme j'étais censée le faire pour sa maison ?

Bien joué.

Je me déshabille et me dirige vers la douche, en tournant le robinet sur chaud. La vapeur remplit rapidement le petit espace de la salle de bain. Ma peau est moite, et je frissonne en passant sous le jet de la douche. L'eau pique jusqu'à ce que ma température se réchauffe suffisamment pour faire disparaître la sensation de brûlure et de picotement.

Après une douche chaude, je me glisse dans mon pyjama et j'éteins les lumières. Je n'ai pas du tout faim, et je n'ai pas envie de sortir dans la tempête pour aller chercher quelque chose à manger. Il y a probablement un paquet de chips à moitié mangé sur la table de nuit, mais pas grand-chose d'autre.

Je me dirige vers la fenêtre de devant et pousse les lourds rideaux en velours côtelé sur le côté. Nikita est assis dans son 4x4. Il n'a pas bougé.

Est-ce qu'il prévoit de surveiller le motel toute la nuit ?

Je suis trop fatiguée pour m'en soucier. Je me traîne dans la petite chambre et je me glisse sous les couvertures.

Pendant la nuit, je suis réveillée par un coup sec. C'est lourd et brutal, quelqu'un avec une attitude. Je parierais n'importe quoi que c'est Nikita.

— Va-t'en ! crié-je, me retournant dans le lit.

J'attrape l'oreiller et j'enterre ma tête, voulant garder les sons étouffés à distance.

— Lucy, ouvre !

Qu'est-ce qu'il peut bien vouloir ? Ne m'a-t-il pas assez torturée ?

Je l'ignore.

Mais son poing ne cesse pas pour autant de frapper la porte d'entrée. Il va réveiller les voisins. Bien. Peut-être que quelqu'un va appeler les flics et déposer une plainte pour tapage, et il partira.

Le tonnerre gronde au-dessus de nos têtes, et le vent prend de la vitesse. Les fenêtres s'entrechoquent, mais ça ne vient pas de Nikita.

Mon estomac se serre, et je sors du lit, voulant voir ce qui se passe.

Il y a plusieurs branches tombées dans le parking, dont une qui a renversé le 4x4 de Nikita, brisant le pare-brise. Comment diable ai-je pu dormir pendant ça ?

Je déverrouille la porte d'entrée et m'écarte.

— Je n'ai pas mon téléphone, dis-je.

S'il essaie de contacter une dépanneuse, je ne vais pas être très utile.

Il claque la porte derrière lui et me pousse loin des fenêtres.

— Va dans la salle de bain.

— Qu'est-ce que tu fais ?

Je recule à chaque pas qu'il fait vers moi. Quand je suis près de la porte de la salle de bain, il me tire le bras et me pousse dans la salle de bain, me rejoignant avant de fermer la porte derrière lui.

A-t-il perdu la tête ?

Je n'aurais pas dû le laisser entrer dans la chambre du motel.

— Ne t'approche pas de moi !

Je prends ma brosse à dents électrique et la brandis comme un couteau.

Il lève un sourcil, amusé.

— La radio a parlé d'une tornade. Détends-toi. Je n'ai pas envie de te torturer.

Il semblait avoir d'autres idées tout à l'heure quand il m'a emprisonné.

— Tu es sûr de ça ? raillé-je.

Le regard de Nikita parcourt mon corps quand il remarque mon pyjama. Les bas de flanelle sont en peluche et ont des petits koalas imprimés dessus.

— Je ne te croyais pas du genre à aimer les animaux poilus.

— Qu'est-ce que ça veut dire ? Tu ne sais rien de moi.

— Tu as raison. Je ne sais rien.

Nikita ne mord pas à l'hameçon. Il croise ses bras sur sa poitrine, et son dos est appuyé contre la porte de la salle de bain, bloquant toute chance de s'échapper.

Mais il n'est pas obscène et ne me force pas à faire quelque acte sexuel indescriptible avec lui.

— Tu avais l'intention de surveiller mon motel toute la nuit ? lui demandé-je.

N'a-t-il pas un autre endroit où être ?

— Je garde juste un œil sur toi.

Nikita me cloue sur place avec son regard.

— Eh bien, je n'ai pas besoin de ton aide.

Les lumières s'éteignent. Il n'y a pas de clignotement, pas d'avertissement. L'obscurité consume le petit espace. Je tâtonne en avançant, à la recherche de l'interrupteur sur le mur.

Nikita a éteint la lumière, ou est-ce la tempête ?

Il n'y a pas de fenêtre dans la salle de bains, pas même un point de lumière. Ses mains sont rugueuses et chaudes lorsque je me heurte à lui dans ce petit espace. Le bord de l'évier s'enfonce dans mon dos.

— Attention, prévient-il.

Il y a un bruissement lorsqu'il fouille dans la poche de sa veste ou de son pantalon pour récupérer son téléphone portable.

— Rallume la lumière ! J'exige.

— Je ne peux pas faire ça, dit-il en allumant la torche de son téléphone. Mais je peux t'accorder de la lumière. Si tu le souhaites.

Il y a une pointe d'humour dans son ton. Ce n'est pas un génie, et ce n'est pas un conte de fées. Je suis enfermée dans les toilettes d'un motel minable avec un monstre. Ça ressemble plus au début d'un film d'horreur, mais je déteste les films d'horreur - ou tout ce qui est vaguement effrayant.

Il fait briller la lumière de la lampe torche du téléphone sur le sol avant de la tourner vers le haut. C'est lumineux mais pas aussi aveuglant que je le pensais.

Combien de temps encore vais-je devoir rester enfermée dans la salle de bains avec lui ? Bien que cela pourrait être pire, il ne m'a pas physiquement emprisonnée. Je pense qu'il essaie de me protéger, mais je ne sais pas trop pourquoi, vu comment la journée s'est déroulée.

Le vent dehors s'agite et tourbillonne, mais la structure du motel tient bon. Je m'attends à moitié à ce qu'une tornade se déchaîne et nous emporte, mais Nikita est calme, et je m'agrippe au bord de l'évier dans mon dos.

— Tu penses que c'est sûr de sortir d'ici ? lui demandé-je.

Il n'y a toujours pas de lumière, pas que je m'en soucie. Je prévois de retourner sous les couvertures à la minute où Nikita sera sorti de ma chambre.

Quand est-ce que ce sera ? J'ai jeté un coup d'œil à son 4x4 tout à l'heure, et avec la vitre cassée et l'avant cabossé, il ne peut pas être conduit.

— Reste ici, prévient Nikita et il se glisse hors de la salle de bain, prenant son téléphone.

Il ferme la porte, et l'obscurité consume chaque centimètre de mon corps. Ma respiration s'arrête dans ma gorge, et je tâtonne pour atteindre la porte. Je n'ai jamais été claustrophobe mais j'ai toujours eu peur du noir. Ce n'était jamais au point de devoir garder une veilleuse allumée pendant mon sommeil, mais il y a un filet de lumière.

C'est l'obscurité totale dans la salle de bains, et je n'aime pas ça.

Les mains devant moi, je titube jusqu'à la porte, je trouve l'interrupteur, je le bascule sur la position « off » tout en tâtonnant pour atteindre la porte.

Quand je sens le bois froid, je saisis la poignée, l'ouvre d'un coup sec et me précipite dehors, heurtant la poitrine de Nikita.

— Tu ne sais pas écouter, marmonne-t-il à voix basse. On dirait que le pire de la tempête est passé.

— Tant mieux. (Je pousse un soupir de soulagement. La pièce, bien que sombre, est suffisamment éclairée pour que je sois à l'aise.) J'aimerais me rendormir.

— Je t'en prie, ne te gêne pas.

Il se dirige vers le fauteuil minuscule près de la porte et y laisse tomber son cul. Il éteint la lampe torche de son téléphone, n'ayant plus besoin de voir devant lui.

— Je ne t'invitais pas à rester.

Je suis un peu sèche et, plus que tout, fatiguée.

Nikita jette un coup d'œil autour de lui, comme s'il cherchait à savoir où il pourrait aller.

— Tu as vu mon véhicule ? (Il pointe vers la porte d'entrée.) Le moteur crachote, et je ne vois rien à travers le pare-brise. Je vais appeler une dépanneuse, mais personne ne sortira avant que le temps ne se calme, surtout si je ne suis pas déjà sur la route.

Il a raison, mais ça ne veut pas dire qu'il doit rester ici, dans ma chambre.

— Tu ne peux pas aller dans le hall ? Ou voir si une autre chambre est libre ?

— Je pourrais, mais je ne vais pas le faire, dit Nikita.

Il ne bouge pas de sa position sur la chaise moutarde. Le mobilier n'est pas le moins du monde attrayant ; il date probablement des années 70 et n'a pas été retapissé. Il a de la chance s'il a été nettoyé.

— Tu vas me garder éveillée à la place.

Je croise mes bras sur ma poitrine. Je veux qu'il parte.

Nikita sourit.

— Tu as un lit, va dormir.

Il jette un coup d'œil à l'écran de son téléphone, tapotant, ignorant mon regard.

Il est irritant.

Comme il ne se lève pas ou ne bouge pas de sa position sur la chaise, je me dirige vers le lit et jette les couvertures en arrière.

— Ne te fais pas d'idées.

Je me glisse sous les draps. Le lit est froid, et je frissonne en remontant les couvertures à mon menton. J'ai envie de m'enfouir sous les couvertures et de faire comme si cette journée n'avait jamais existé.

Je me réveille le jour suivant, tôt. Il y a un grognement venant de quelqu'un dans ma chambre, et je me retourne, me rappelant que ce n'était pas un mauvais rêve.

Nikita est appuyé sur la chaise délabrée, mais sa tête est inclinée comme il s'est endormi.

J'ai presque envie de le réveiller et de le jeter hors de ma chambre, mais cela impliquerait de lui parler, et je n'ai pas envie de le faire. J'espérais qu'en me réveillant, il serait parti. Je suppose que c'était trop demander, vu qu'il veut que je travaille dans son club comme serveuse.

Il ne m'a même pas demandé quand était mon prochain service au café et si mon emploi du temps pouvait s'adapter à ses exigences.

Je rejette les couvertures, avec l'intention de me changer et de me glisser hors de la chambre avant qu'il ne le remarque. Je n'ai pas de voiture, mais je peux utiliser le téléphone du hall et appeler un taxi.

Me faufilant dans la pièce, je n'arrive pas plus loin que la commode quand je l'entends s'éclaircir la gorge. Je jette un coup d'œil par-dessus mon épaule, et il est bien réveillé, me regardant fixement.

— L'électricité est revenue ? demande-t-il, en jetant un coup d'œil dans la chambre du motel pour voir si les lumières fonctionnent.

Le réveil à côté du lit clignote avec ses lettres rouges en gras de façon désagréable.

— A toi de me le dire.

Je fais un geste vers l'horloge, il grogne et se lève.

— Habille-toi et retrouve-moi dehors. Tu as dix minutes.

— Je dois prendre une douche, dis-je.

— Mieux vaut se dépêcher. (Nikita se lève et s'étire, sortant de la chambre du motel.) Verrouille la porte derrière moi.

J'attrape mes vêtements dans la commode et verrouille la serrure. Il veut que je l'enferme dehors ? Je ne lui demande même pas à quoi il pense. Je ne veux pas le savoir.

Je me presse d'aller à la salle de bains et j'allume la lumière, reconnaissante d'avoir accidentellement réussi à l'éteindre la nuit dernière. Sinon, elle m'aurait réveillée pendant la nuit quand les lumières se sont rallumées.

Poussant le rideau de douche moisi, j'allume le jet et me déshabille en attendant que l'eau chauffe.

Dix minutes.

Est-ce que Nikita va débouler par la porte d'entrée si je n'ai pas fini à temps ?

Le club où il me fait travailler, sera-t-il constamment là, à me surveiller et à me harceler ? Il dirige l'endroit. Il l'a dit l'autre soir quand je l'ai rencontré. Combien de temps avant que je rembourse ma dette ?

Je passe ma main sous l'eau de la douche, je tourne le robinet pour faire monter la température et je me mets sous le jet. L'eau coule comme une pluie qui tombe en cascade sur ma peau. Alors que je me suis douchée hier soir avant de me coucher pour me réchauffer, cette douche n'est pas aussi relaxante que je l'aurais souhaité.

Au lieu de cela, mon esprit vagabonde vers Nikita, vers le travail qu'il va me faire faire et le fait qu'il sera inévitablement mon patron.

Je gémis, rien qu'à l'idée de devoir recevoir des ordres de lui. Et que se passera-t-il si je suis virée ?

Un frisson me parcourt, et je réchauffe l'eau. La vapeur remplit la salle de bain. Le drain se bouche, mais au moins l'eau est claire.

Le motel est totalement merdique, mais c'est ce que je peux me permettre. Ce serait bien si travailler deux fois signifiait doubler mon salaire. C'est peu probable vu que je dois de l'argent à la Bratva, et pour quoi - avoir essayé d'entrer par effraction ?

Je n'ai jamais dit à Nikita ce que j'avais été engagé à voler. Bien sûr, j'ai volé sa clé. Il a compris ça parce que je me suis fait prendre.

Je n'étais pas censée finir sur la pelouse près du jardin nécessitant des soins médicaux.

Finissant ma douche, je me sèche et enfile mon pantalon de travail, un pantalon noir, et un chemisier blanc. Je ne sais pas ce que Nikita attend que je porte au club. J'ai congé aujourd'hui au café, ce qui est un soulagement vu qu'il me babysitte pratiquement.

En sortant de la salle de bain, j'attrape une paire de chaussettes propres et les enfile avant de mettre mes chaussures. En ouvrant la porte d'entrée, je vois Nikita debout à côté du véhicule écrasé, son téléphone à la main, portant une paire de lunettes de soleil.

Il ressemble à un mafieux, un membre de la Bratva russe. Je ne dis pas un mot, ce n'est pas un compliment et je ne veux pas qu'il sache que je suis au courant de ses activités illégales.

Est-ce qu'il fait passer des armes et de la drogue par le club ? Ou blanchit-il de l'argent pour le patron, en utilisant le club pour gérer leurs actifs ?

— Dix minutes, dit Nikita en levant les yeux de son téléphone.

Je n'ai pas chronométré précisément le temps écoulé entre la minute où je l'ai enfermé à l'extérieur de la chambre et celle où j'ai ouvert la porte pour le rejoindre dehors. Je jette un coup d'œil à ma montre, mais l'heure ne signifie pas grand-chose à part l'heure. C'est plus un geste, faisant semblant d'en avoir quelque chose à foutre.

— J'ai mis dix minutes.

— Quinze, mais on va travailler sur ta ponctualité.

— Est-ce que le club est ouvert à cette heure-ci ? Et comment on prévoit de s'y rendre ?

Nikita montre du doigt un pick-up noir aux vitres teintées.

— J'ai demandé qu'on vienne me chercher hier soir, dit-il.

— Et ils viennent juste d'arriver pour te récupérer ? Je souris.

— Surveille ton langage.

Ma mâchoire touche le sol.

— Sérieusement ? (Il doit plaisanter.) Ça vient de l'homme qui m'a emprisonnée hier ?

Comment peut-il se soucier des mots qui sortent de ma bouche ?

— L'un n'a rien à voir avec l'autre.

Il traverse le parking à grands pas pour rejoindre le véhicule. Nikita n'attend pas que je le suive, mais je ne traîne pas.

Je me dépêche de traverser le parking et de me diriger vers le côté passager.

— Les clés ?

Il déverrouille les portes du véhicule, et je monte à l'intérieur.

— Déposées avec le véhicule ce matin pendant que tu te douchais.

Il y a un soupçon de dédain dans sa voix.

— Jaloux ? plaisanté-je. Il y avait des serviettes en plus. Tu aurais pu te doucher après moi.

Ses narines se dilatent et ses doigts épais s'agrippent au volant.

— Je ne me douche après personne.

Il nous conduit sur la route principale, et nous entrons dans la circulation sans effort, même en conduisant le tank.

Le 4x4 est énorme. J'ai l'habitude de conduire ma berline, et elle ne me coûte pas une seconde hypothèque en carburant.

J'ignore sa remarque. Je ne suis pas sûre de ce qu'il veut dire. Est-il trop bien pour prendre une douche en deuxième et inquiet de ne pas avoir assez d'eau chaude ? C'est mieux si je ne lui parle pas. Il est tôt, je n'ai pas pris mon café, et je vais forcément dire quelque chose que je regretterai.

Il appuie à fond sur l'accélérateur. Le 4x4 avance en se faufilant dans la circulation, en passant d'une voie à l'autre. Cela semble presque imprudent, mais j'ai l'impression qu'il l'a fait trop souvent et qu'il sait ce qu'il fait.

Il semble un peu trop prêt pour une poursuite à grande vitesse.

Je m'assure que ma ceinture est bien serrée et que la boucle est bien fixée en agrippant la poignée au-dessus de la porte.

— Tu n'aimes pas ma façon de conduire ? Il me jette un regard avant de reporter son attention sur la route.

— J'apprécie d'arriver à destination en un seul morceau.

— C'est normal.

Il a les deux mains sur le volant, et après quelques minutes, nous nous arrêtons devant le club, et il se gare à l'arrière. Il y a deux autres camions garés dehors. Des hommes en costume se tiennent près de leurs véhicules, les bras croisés sur la poitrine.

Ils ne passent pas du tout inaperçu.

— Nikita, râlé-je, et ma voix se bloque dans ma gorge. (Mon estomac s'affaisse.) Que font ces hommes ici ? Qu'est-ce qu'ils attendent ?

Moi ?

Il y a un camion blanc, assez gros pour déplacer des meubles ou des gens. On m'a dit que j'avais une imagination débordante, mais je ne suis pas sûre que ce soit terrible, vu la compagnie qu'on me force à garder.

— Reste assise, me dit-il.

Il coupe le moteur et sort du 4x4 en prenant ses clés.

Merde.

Dire que je voulais voler son véhicule. Je suppose qu'il ne me fait pas confiance. Et pour cause, puisque j'ai déjà volé sa clé, et que j'ai été prise en flagrant délit d'effraction. Enfin, j'ai été attrapée, le reste est un peu plus flou pour moi.

Il salue les hommes, leurs voix étouffées à l'extérieur du véhicule.

Alors que Nikita ne fait pas attention à moi, j'ouvre progressivement la portière et me glisse dehors, en faisant attention à ne pas faire de bruit. Je laisse la portière ouverte. Si je la ferme, il va forcément le remarquer, et je pars à pied en direction de la route principale.

Me faufilant hors du camion, j'étais peut-être silencieuse, mais mes pas quand je cours ne le sont pas le moins du monde.

— Putain ! crie Nikita en remarquant ma fuite.

Je ne regarde pas en arrière. Je ne peux pas. Si je jette un coup d'œil par-dessus mon épaule, je pourrais trébucher ou ralentir, et ce n'est pas quelque chose que je veux faire en ce moment.

Je me presse dans la rue et me faufile dans une ruelle, traversant un autre quartier, m'assurant que Nikita ne me repère pas. Le seul problème est que Nikita n'est pas le seul à être après moi ; la mafia italienne me traquera aussi.

J'ai raté la date limite ce matin pour voir Alexandra et lui remettre l'artefact. Aleksandra Moretti, du moins je suppose que c'est son nom de famille. Elle ne m'a pas vraiment donné toutes ses infos quand elle m'a forcé à faire ce coup.

Aleksandra est la femme d'Antonio Moretti. C'est le boss de la mafia italienne, et il est impitoyable, du moins c'est ce qu'on m'a dit.

SIX

Nikita

Je n'arrive pas à croire que Lucy soit partie à pied. Pourquoi ai-je pensé qu'elle m'écouterait ? Elle n'a pas prouvé sa loyauté jusqu'ici, et pourquoi le ferait-elle ? Elle n'est pas Bratva.

S'attendre à sa loyauté est stupide, surtout si l'on prend en compte la façon dont nous nous sommes rencontrés. Elle est fourbe, mais je n'ai pas la conviction que c'est par hasard ou par volonté. Elle s'est attirée des ennuis, et je suis assez fou pour envisager de l'aider.

Pourquoi ?

J'aime les défis, et cette fille ose me stimuler comme je ne l'ai jamais été. Quelle femme serait assez folle pour s'introduire dans l'enceinte de la Bratva ?

Essayait-elle de se faire prendre ?

Bien sûr, elle pourrait être ignorante et n'avoir aucune idée de ce que nous faisons pour vivre, mais cela semble peu probable. Et maintenant qu'elle est partie à pied, échappant à mon offre généreuse de lui donner un emploi, elle cache quelque chose.

Ok, généreuse est probablement un peu trop indulgent comme terme. Elle a volé ma clé, et Mikhail a exigé le remboursement de ses crimes. Ça me plaît de pouvoir être créatif pour sa punition. Travailler au club semble être une situation gagnant-gagnant. Je suis reconnaissant pour l'aide. C'est difficile de trouver de bons employés et ceux qui savent garder leur bouche fermée. En plus, je n'ai pas à la payer directement, elle nous est redevable, ce qui est un avantage pour moi et pour les comptes.

Mais je dois d'abord l'attraper.

Et je ne porte pas exactement le genre de vêtements pour courir - mon costume et mes chaussures noires vernies ne vont pas me faire battre des records sur la piste.

— Tu veux la rattraper ? demande Dmitri, interrompant notre conversation lorsque nous entendons tous ses pas sur le trottoir.

Je grogne et monte dans le 4x4. Elle ne va pas me faciliter la tâche. Avec son fils à Chicago, nous fuir est la dernière de ses priorités. Lucy voudra s'éloigner du danger auquel elle a réussi à s'exposer.

Et ce n'est pas comme si elle avait beaucoup d'attaches à New York. Son fils est à Chicago avec sa sœur. Si j'étais elle, je me rendrais dans la ville des vents. Bien sûr, ce n'est pas envisageable avant qu'elle récupère sa voiture.

Ce qui, si je devais deviner, serait sa première destination. Mais pas à pied. Elle va courir, faire profil bas, et soit faire du stop, soit appeler un ami, soit prendre un taxi. Je n'ai pas remarqué de sac à main ou de portefeuille sur elle, et à moins qu'elle ait de l'argent dans son véhicule, un taxi est la dernière option.

Son téléphone était également dans le véhicule, donc je doute qu'elle puisse passer des appels, surtout si elle est en train de nous fuir.

J'appuie à fond sur l'accélérateur et me glisse dans la circulation, conduisant ennuyeusement lentement pour scruter la ruelle à la recherche de Lucy. Elle n'est pas facile à repérer, et elle a une bonne longueur d'avance, pas de beaucoup, mais la circulation me fait perdre du temps.

Je ne reste pas longtemps sur la route principale. Elle ne le ferait certainement pas. Je prends les rues secondaires, pour arriver dans un quartier. Je l'aperçois de loin en train de traverser une cour, et je donne un grand coup de volant pour me diriger dans sa direction, manquant de peu le virage.

Je ne suis pas le seul à la suivre.

Mes mains s'enfoncent dans le volant. Je reconnais le véhicule qui me précède. C'est probablement un des Italiens, la mafia. Je n'avais pas remarqué qu'ils nous suivaient, mais j'étais trop occupé ce matin à essayer de ne pas sentir l'odeur fraîche de Lucy après sa douche matinale.

C'était suffisant pour m'exciter et faire frémir ma bite dans mon pantalon. Je ne pensais pas à être suivi par la mafia italienne. J'aurais peut-être dû être plus prudent.

Travaille-t-elle avec eux, ou sont-ils après elle pour m'atteindre ? Ils sont capables de tout. Antonio est un monstre, et sa femme, la sœur de Mikhail, Aleksandra, n'est pas mieux.

J'appuie sur l'accélérateur, me pressant de rattraper Lucy, mais elle détale entre les maisons, ce qui rend difficile la poursuite en voiture.

Les Italiens s'arrêtent et Aleksandra, ainsi qu'Otello, un autre membre de la mafia, sortent de la banquette arrière. Ils partent à pied à sa poursuite.

Au moment où je contourne les Italiens, le conducteur déboule devant moi, me forçant soit à freiner, soit à percuter son véhicule. Je suis tenté de défoncer sa voiture avec mon 4x4, mais cela ne m'aidera pas à attraper Lucy, et je suis en infériorité numérique. Ils sont trois, et Lucy n'est pas prête à partir avec moi de son plein gré.

Je devrais peut-être percuter leur véhicule pour m'assurer qu'elle s'échappe. Mais les Italiens ne vont pas apprécier mes menaces, et je serai condamné s'ils sont plus armés que moi, mais le rapport de force de trois contre un n'aide pas non plus.

Je suis un bon tireur, mais je n'aurai personne pour me couvrir, et je n'ai pas besoin d'une blessure par balle. Ça ne m'aidera pas à retrouver Lucy plus rapidement. En plus, nous sommes dans un quartier très peuplé. À la minute où nous commencerons à tirer, tous les voisins qui sont chez eux appelleront la police et regarderont probablement par la fenêtre avec leur smartphone.

Nous ne sommes pas dans le quartier pourri de la ville. Ces gens ne sont pas habitués à la violence. Du moins pas de manière aussi ouverte et flagrante que ça arrive dans les rues et devant leurs maisons.

Les Italiens tournent au coin de la rue. Aleksandra et Otello traînent Lucy dans le véhicule qui les attend, la forçant à s'asseoir sur le siège arrière.

Je grogne et frappe le volant avec ma main. J'aurais dû les empêcher de l'attraper ! J'aurais pu faire plus pour aider Lucy.

Je suis leur 4x4 noir alors qu'ils continuent à traverser le quartier. Ce n'est pas un secret que je les ai suivis et, étonnamment, ils n'essaient pas de me semer.

Après cinq bonnes minutes de conduite dans le quartier en un cercle géant, ils s'arrêtent, et Lucy est projetée de l'arrière du véhicule avant qu'ils ne s'éloignent.

Elle se tient debout, haletante, sur l'herbe près du trottoir. À première vue, elle semble aller assez bien, sans aucun signe visible de blessure. Elle est vivante. C'est une surprise. Pourquoi l'ont-ils laissée partir ? Travaille-t-elle pour eux ?

J'arrête le 4x4 et baisse la vitre du passager.

— Monte ! lui crié-je.

Elle se ronge la lèvre inférieure, soupire, mais obéit.

Lucy s'avance vers mon véhicule avec hésitation. Elle ne fait pas ça par désir mais peut-être par nécessité. Jusqu'où irait-elle sans son portefeuille, son téléphone ou sa voiture ?

Ou peut-être que les Italiens ont insisté pour qu'elle me rejoigne, voulant quelque chose dans l'enceinte.

— Tu travailles pour eux ?

C'est la première question qui sort de ma bouche quand elle ouvre la portière passager. Elle n'a même pas mis un pied dans le véhicule, et déjà, je la harcèle d'informations.

— Pas par envie, dit Lucy.

Sa voix tremble, et ses épaules sont affaissées. Elle est moins provocatrice.

Que lui ont-ils dit quand elle était sur la banquette arrière ? L'ont-ils menacée ? Sa famille ? C'est pour ça que son enfant est à Chicago ?

— Ils te menacent. Qu'est-ce qu'ils veulent ?

Je vais droit au but. Je peux l'aider si elle m'aide.

Nous ne sommes pas amis avec la mafia. Mais nous ne sommes pas spécialement ennemis, du moins plus maintenant. Nous avons un arrangement auquel nous nous tenons depuis qu'Aleksandra a quitté la Bratva, sa famille, pour Antonio.

— Tu ne peux pas m'aider.

Elle s'assoit sur le siège avant, les mains sur les genoux, s'agitant comme si elle essayait de se calmer ou peut-être simplement de rester assise. Elle est nerveuse. Mais je ne sais pas pourquoi, à part son altercation avec la mafia.

Ils ne sont pas pires que la Bratva. Ils sont pratiquement des scouts comparés à nous, mais je ne souhaite à personne d'être impliqué avec eux, surtout pas à Lucy.

Elle est trop jeune, trop naïve, et ne sait pas qu'ils profiteraient d'une femme, surtout d'une femme désespérée. Et son compte bancaire et ses finances montrent son désespoir. Je pourrais l'aider, mais pourquoi le ferais-je ?

Qu'est-ce qui pourrait m'inciter à être un mec sympa ?

Ce n'est certainement pas naturel pour moi. Depuis l'âge de quatorze ans, je suis avec la Bratva, poussé dans les bas-fonds pour me sauver d'un monde froid et cruel, sans me rendre compte de l'obscurité qui m'envelopperait.

Je n'aime personne d'autre que l'amertume et le vide de la famille. Mes frères de sang Bratva sont mes frères. Ma famille.

— Dis-moi ce que tu leur dois. (Ce n'est pas un secret qu'ils veulent quelque chose d'elle. Ils l'ont gardée en vie et l'ont jetée dans la rue. Ils devaient probablement délivrer un message ou une menace.) C'est quelque chose dans l'enceinte, n'est-ce pas ?

Sinon, pourquoi aurait-elle volé ma clé et risqué sa vie en s'introduisant chez nous ?

— Ils reviennent au motel ce soir. Si je ne le livre pas, je suis morte. Et ensuite ils s'en prendront à ma famille.

— Qu'est-ce que tu as fait pour énerver la mafia ? lui demandé-je, en la regardant.

Je sais très bien comment elle a énervé la Bratva. S'est-elle aussi introduite dans l'enceinte de la mafia ?

Elle n'a pas l'air d'être du genre à enfreindre les règles - mentir, voler et tricher pour éviter les problèmes. Ou, dans certains cas, s'attirer des problèmes. Je ne peux pas mettre le doigt dessus, mais on dirait qu'elle est tombée là-dedans par accident.

— Il y a quelque chose à la maison, dans l'ancienne chambre d'Aleksandra. (Lucy fronce les sourcils.) Je n'ai pas compris sa demande, mais elle a dit qu'elle voulait une photo accrochée au mur.

— Et tu avais prévu de voler la photo et de repasser par-dessus la clôture avec ? J'aurais tout entendu.

Cette fille continue à m'amuser, ce qui est gênant, vu ce qu'on l'oblige à faire.

— Je n'avais pas de plan, murmure Lucy en me jetant un regard. Si je ne livre pas la peinture, je suis morte.

Je fais demi-tour et nous repartons en direction de l'enceinte. Je ne suis pas sûr que les Italiens n'enverront pas quelqu'un d'autre, même si Lucy finit morte de leurs mains. S'ils veulent quelque chose chez nous, ils ne vont pas s'arrêter avant d'avoir obtenu ce qu'ils désirent.

Mais une peinture ?

— Montre-moi ce que tu es censée livrer.

Je veux qu'elle me montre l'image, le cadre, tout ce que veut Aleksandra. Cela n'a rien à voir avec l'œuvre d'art ou le décor. Et je dois informer Mikhail de la nouvelle et de la rencontre avec sa sœur.

— Je le ferai. Est-ce que ça veut dire que tu vas m'aider ?

Ses yeux sont écarquillés et brillants, comme ceux d'une biche.

Je ne fais pas de promesses.

— Qu'est-ce qui t'a mis dans ce pétrin, redevable aux Italiens ?

Qu'est-ce qu'elle a bien pu faire pour devenir une cible ? Elle les a volés ?

— J'étais au parc avec Zion. Il jouait sur les balançoires, et cette femme était assise à côté de moi sur le banc. Nous nous sommes à peine dit deux mots, et avant que je ne le remarque, elle s'est levée pour partir et a laissé son téléphone derrière elle, ainsi qu'un sac qu'elle avait placé sous le banc.

— Laisse-moi deviner ; il y avait de l'argent dans le sac ? demandé-je.

— Comment tu le sais ?

Je ne réponds pas à sa question.

— Est-ce que c'est la même femme qui t'a attrapé aujourd'hui ?

Je ne peux pas imaginer qu'Aleksandra soit derrière la menace de Lucy et de son fils.

— Non, mais elle était là quand l'homme a menacé mon fils. Elle a essayé d'intervenir en ma faveur, mais il n'a pas voulu l'écouter. Elle a insisté sur le fait que tout serait oublié si je récupérais le tableau.

— Qu'as-tu fait de l'argent et du téléphone ?

— Ils m'ont suivi, m'ont pris dans un 4x4 noir, ont fouillé mon portefeuille pour trouver mon adresse, et ont ensuite menacé de tuer mon fils si je ne faisais pas exactement ce qu'ils me demandaient.

J'ai deux options : déposer Lucy au motel ou la ramener à l'enceinte.

Mikhail ne sera pas ravi, mais je prends la direction de la maison. Je me gare devant le portail et Anton nous laisse entrer en ouvrant le portail métallique.

— On est de retour ici ? sa voix grince.

Je regarde dans sa direction.

Elle tripote ses mains. Son teint est lugubre.

— Si tu as l'intention de vomir, ouvre la porte, lui dis-je.

Elle doit être nerveuse, de revenir dans l'enceinte après que je l'ai emprisonnée hier.

— Je ne vais pas être malade.

La couleur n'est pas revenue dans ses joues. Elle serre les lèvres et me regarde en bougeant sur son siège.

Tout me dit qu'elle est mal à l'aise, mais je ne peux pas la laisser dans le 4x4. Elle pourrait s'échapper et sauter la clôture à nouveau.

— Qu'est-ce qu'on fait ici ? me demande-t-elle.

Je m'arrête devant l'entrée, je gare le 4x4 et je coupe le moteur.

— Je dois parler à Mikhail.

— Je peux attendre ici ?

— Non. Entre, mange quelque chose pendant que je m'occupe du patron.

Je tire sur la poignée de la porte et sors, puis je fais le tour pour aider Lucy à sortir du véhicule.

Elle est déjà sortie et se tient debout près de la portière passager, les mains sur les hanches.

— Je ne retourne pas dans le donjon au sous-sol.

— Bien. Ne fais rien de stupide qui m'obligerait à te reconduire en bas.

Je la conduis en haut des escaliers du porche et dans le hall principal. Lucy suit quelques pas derrière moi, et j'attends qu'elle entre pour fermer et verrouiller la porte, sécurisant ainsi la propriété.

Luka se dirige vers le hall et s'arrête à mi-chemin quand son regard se pose sur Lucy.

— Elle est revenue.

Il n'est pas le moins du monde silencieux avec son commentaire.

— Mikhail est dans le coin ? demandé-je, m'attendant à ce que Luka sache où est le patron et ce qu'il fait en ce moment.

Il passe rarement du temps dans son bureau.

— Il a emmené Kira chez le médecin avec Madisyn. Je pense qu'il sera de retour d'une minute à l'autre.

— Est-ce que tout va bien ? Je n'avais pas réalisé que Kira était malade.

— Elle va bien. Contrairement à la prisonnière que tu as ramenée dans la maison de Mikhail. Qu'est-ce qu'elle fait ici ? demande Luka, fixant Lucy du regard.

Il n'est pas heureux de la voir, et Mikhail sera encore plus mécontent de son apparition.

— Elle a des informations que Mikhail voudra entendre, sur sa sœur.

— Je doute que ça fasse sa journée, dit Luka. Je vais me faire une fleur et l'éviter cet après-midi. Bonne chance.

Il se dirige vers le couloir dans la direction opposée à l'escalier.

— Viens. Je veux voir ce que tu es censée apporter aux Italiens.

J'escorte Lucy dans l'escalier jusqu'à ce qui était la chambre d'Aleksandra. Elle est vide. La commode est toujours poussée contre le mur, les rideaux tirés. J'allume la lumière et étudie chaque tableau sur le mur.

Rien ne semble sortir de l'ordinaire à première vue.

— Quel tableau veulent-ils ?

Lucy jette un coup d'œil dans la pièce et, après quelques secondes, désigne le tableau représentant un champ de marguerites. Les couleurs sont neutres. Le tableau est un original mais il s'est décoloré avec le temps, et personne n'a pris la peine de le restaurer parce qu'il ne valait probablement pas un centime.

Pourquoi ce tableau ?

— Nikita ? La voix de Dmitri porte dans la chambre. Que fais-tu ici ? demande-t-il.

Il ne demande même pas pour Lucy. Peut-être qu'il sait ne pas demander pourquoi elle est ici, et pourquoi je l'ai ramené à la maison.

— J'ai besoin que tu surveilles Lucy pendant un moment, dans le bureau.

— Je ne suis pas son babysitter, il jette un regard à Lucy, mets-la dans la cave.

Je ne vais pas faire ça. Bien que ce soit parfois tentant, Lucy ne mérite pas d'être emprisonnée. Plus maintenant.

— Dix minutes maximum.

Je ne le demanderais pas si ce n'était pas nécessaire, et Dmitri le sait. J'espère qu'il m'aidera.

Dmitri pousse un gros soupir et souffle doucement.

— Allons-y, dit-il en désignant la porte, attendant que Lucy l'accompagne.

Elle hésite, passant son regard de Dmitri à moi.

— Va avec lui. Tout ira bien.

Je me tourne vers le tableau, et elle recule, suivant Dmitri. Ses talons claquent contre le parquet en marchant, le son s'affaiblissant à mesure qu'elle s'éloigne de ce qui était autrefois la chambre d'Aleksandra.

Une fois Lucy hors de vue, je m'approche du tableau et le décolle du mur, l'amenant sur le matelas pour l'examiner. Qu'est-ce qu'Aleksandra peut bien vouloir faire de ce tableau ? Il n'y a rien de remarquable dans le cadre ou la peinture. Même l'œuvre d'art elle-même pourrait être considérée comme sans valeur.

Il est peu probable qu'Aleksandra y soit attachée.

Je le retourne doucement, examinant le dos du cadre. Rien ne ressort, mais s'il y avait quelque chose de précieux, ne serait-il pas caché à l'intérieur ? Peut-être sous la peinture ou à l'intérieur de la toile ?

Mikhail me tuera si j'abîme ses œuvres d'art sans raison. Les peintures qu'il se procure ne sont pas bon marché.

A-t-il acheté cette pièce, ou est-ce le père de Mikhail qui a acheté la peinture, et Mikhail en a hérité à sa mort ?

Je retourne la peinture pour examiner le devant plus en détail.

Mes doigts courent sur le cadre. L'or est gravé de tourbillons et d'emblèmes décoratifs, ce qui ne va pas du tout avec le tableau. C'est presque comme si un autre tableau avait été l'original et que celui-ci l'avait remplacé. Pourquoi quelqu'un ferait-il cela ?

Je sors mon couteau de poche et dégaine la lame.

— Qu'est-ce que tu fais ? La voix bourrue de Mikhail me fait sursauter.

Il entre dans la pièce, ses pas sont lourds et vifs à son approche.

Il doit revenir de chez le médecin.

— Les Italiens ont envoyé Lucy pour leur apporter ce tableau. Mais je ne vois pas comment elle aurait pu faire ça. Le tableau n'est pas du tout petit ou léger. Comment saviez-vous que j'étais en haut ? lui demandé-je, en jetant un coup d'œil par-dessus mon épaule à Mikhail.

— Ta prisonnière prend le thé dans ma salle à manger.

— J'ai envoyé Dmitri en bas avec elle pendant que j'examinais le tableau plus en détail.

Mikhail fait un geste vers le couteau dans ma main droite.

— Avec ça ?

— Il n'y a rien de spécial dans la peinture ou le cadre. Il doit y avoir quelque chose derrière.

— Et tu avais l'intention de détruire cet héritage sans ma permission ?

Putain, j'ai merdé.

— Je ne savais pas que c'était un héritage, monsieur.

— Ça ne l'est pas, dit Mikhail, mais ça aurait pu l'être.

Il m'arrache le couteau des mains et retourne le tableau, déchirant le papier brun qui recouvre le dos de la toile.

Sous le papier déchiqueté se trouve une clé USB et une enveloppe en papier kraft. Mikhail prend la clé USB, la fourre dans sa poche avant d'ouvrir l'enveloppe et de révéler le contenu.

— Il n'a jamais été question de la peinture, dit Mikhail, en regardant les vieux certificats d'actions. Certaines d'entre elles n'ont aucune valeur, murmure-t-il, en les feuilletant jusqu'à ce qu'il tombe sur une poignée d'entreprises publiques encore cotées aujourd'hui.

— Je suppose que c'est ce qu'Aleksandra cherchait, dis-je.

— Comment a-t-elle su pour les certificats et la clé USB ? demande Mikhail, bien que la question soit rhétorique. Suis-moi.

Il sort de la chambre et descend les escaliers, se dirigeant vers son bureau.

Dmitri passe la tête hors du bureau, attirant notre attention dans le hall alors que nous nous dirigeons vers son bureau.

— Vous avez fini ?

Ses yeux sont écarquillés, et ses cheveux sont ébouriffés. Ne peut-il pas gérer Lucy pendant quelques minutes ?

Il y a des bavardages à l'intérieur de la pièce. Lucy n'est pas seule. Le rire d'Hannah se propage dans le couloir.

— Presque, dit Mikhail. Garde un œil sur notre invitée.

Je retiens momentanément ma respiration, ne réalisant le geste que lorsque j'expire. Lucy n'a pas l'air d'être sous contrainte, elle semble s'amuser avec Hannah. Je doute que Mikhail apprécie que je l'amène sous son toit après ce qui s'est passé hier.

Je suis Mikhaïl dans son bureau, dont il ferme la porte avant de s'asseoir derrière son bureau.

— Je veux savoir ce qu'il y a sur la clé USB.

Il pose les documents d'actions sur son bureau, les ignorant momentanément alors qu'il est concentré sur son ordinateur.

Je n'ose pas demander ce que valent les certificats, mais un seul coup d'œil sur eux plus tôt et j'avais reconnu plusieurs sociétés cotées en bourse. Ils ont de la valeur, mais est-ce suffisant pour envoyer une inconnue chez nous pour nous voler ?

Lucy n'aurait jamais pu s'enfuir avec le tableau en main, à moins qu'elle n'ait eu l'intention de le démonter, de détruire le support et de découvrir le contenu caché à l'intérieur comme Mikhail l'a fait.

Je m'assois en face de son bureau. Il branche la clé USB sur le port USB et tapote sur le bureau en bois.

— Qu'est-ce qu'Antonio a sur Lucy ? demande Mikhail.

— Il a menacé son fils.

Je n'avais pas voulu mentionner qu'elle avait un enfant, non pas que je pense que Mikhaïl ferait du mal à l'enfant, mais il n'hésite pas à faire du mal à ceux qui le trahissent.

Son regard se durcit.

— Quel est son lien avec eux ?

— D'après ce qu'elle m'a dit, il semble qu'elle ait accidentellement interféré dans un type d'échange.

— Quel type d'échange ?

Il lève les yeux de derrière son ordinateur.

— Du type monétaire, dis-je. Ou on l'a piégée.

J'espère que ce n'est pas la deuxième option, mais les Moretti en seraient capables, surtout qu'ils voulaient quelque chose de la propriété mais ne voulaient pas s'en occuper eux-mêmes. Si Antonio ou un de ses hommes avait tenté de voler le tableau, ça aurait été une vraie guerre.

— Tu as mentionné que son enfant est en danger. Où est-il ? demande Mikhail. (Il tapote sur le clavier avant de se reculer, étirant ses bras derrière sa tête.) Ça alors !

— Qu'est-ce qu'il y a, monsieur ? demandé-je.

— De la cryptomonnaie, et une sacrée quantité. Une valeur de plus de quatre millions de dollars. (Mikhail n'a pas l'habitude de sourire, mais il esquisse un sourire en coin.) Fais venir ta petite amie ici.

— Ce n'est pas ma petite amie.

Il y a de l'amertume dans ma voix quand il parle d'elle comme étant mienne. Je n'ai jamais couché avec Lucy, et elle n'est certainement pas à moi. Je la garderais sous clé avec les problèmes causés par les Italiens si elle l'était.

— Fais-la venir, dit Mikhaïl, et son regard est sérieux.

Sa mâchoire se serre, et le léger sourire disparaît.

— Bien sûr, monsieur.

J'obéis à ses ordres et sors de son bureau, ouvrant la porte mais la laissant entrouverte tandis que je me dirige vers le bureau au bout du couloir.

Lucy est assise sur le canapé avec Hannah. Elles prennent toutes deux une tasse de thé, discutent et rient comme si elles se connaissaient depuis des années. J'ai l'impression de les interrompre, mais je m'en fiche.

— Lucy, tu veux bien venir avec moi ?

Elle se racle la gorge et murmure des excuses en se levant et en m'accompagnant dans le couloir.

— Tu n'as pas à être aussi grossier.

— Tu es sérieusement en train de me critiquer là ? Tout de suite ?

Ne se rend-elle pas compte que je l'ai défendue, que j'ai essayé de lui éviter la prison - après l'avoir déjà interrogée brièvement la veille ?

Elle presse ses lèvres l'une contre l'autre mais ne dit rien et me suit jusqu'au bureau de Mikhail. Lucy est assez sage pour rester silencieuse et écouter lorsque nous entrons dans le petit espace. Je ferme la porte derrière nous, nous donnant à tous les trois de l'intimité. À moins que Mikhail ne me demande de partir, ce serait bien pour moi, et je serais heureux de trouver autre chose à faire, n'importe quoi d'autre.

Faire de Lucy ma responsabilité est un casse-tête. Elle est moins une corvée que je ne le pensais, mais la surveiller et s'assurer qu'elle ne court pas voir les Italiens n'est pas une mince affaire.

— Assieds-toi, dit Mikhaïl en désignant le canapé contre le mur.

Lucy jette un coup d'œil dans ma direction, attendant probablement de voir si je vais faire de même. Je me dirige vers le canapé mais ne m'assieds pas. Au lieu de cela, je me tiens contre le mur près du canapé alors qu'elle s'enfonce dans le cuir.

— Nikita m'a dit que tu as un fils, et qu'il est en danger, dit Mikhail.

Il sort de derrière le bureau et attrape la chaise dans laquelle j'étais plus tôt, la tournant pour s'asseoir et lui faire face.

Ses yeux verts s'agrandissent, et elle passe son regard de moi au Pakhan.

— Oui, en effet.

— Et son père ? Où est-il ? demande Mikhaïl.

Où va-t-il avec cette série de questions ? Pense-t-il que le père du garçon pourrait faire partie de la mafia italienne ? Ce n'est pas quelque chose que j'ai envisagé ; je ne vois pas pourquoi. Lucy n'a jamais mentionné de conjoint ou de partenaire. Pas même un petit ami ou le père de l'enfant, d'ailleurs. Et je ne m'en suis pas soucié au point de lui demander.

— Il n'est pas là.

— Tu es sûre ? demande Mikhail en se penchant en avant, les mains jointes. Il est tout à fait possible qu'il soit lié à Antonio et ses hommes.

— Je peux vous assurer que ce n'est pas le cas, car mon fils est le résultat d'un don d'une banque de sperme.

— Je vois, dit Mikhail.

Ma main couvre ma bouche et je fais semblant de me caresser la mâchoire, le choc étant évident sur mon visage. Ce n'était pas la réponse que j'attendais de Lucy. Je ne suis pas sûr de ce que j'attendais. Nous n'avons pas vraiment parlé de son enfant. C'est probablement un sujet hors limites, et je suis heureux que ce soit le cas.

— Où est-il maintenant, ton fils ? demande Mikhail.

— Il est en sécurité avec ma sœur, répond-elle.

Mikhail jette un coup d'œil dans ma direction, voulant silencieusement savoir où elle estime être en sécurité. Il n'y a aucun endroit où l'on peut se cacher du monde du crime.

— Ils sont à Chicago. Je ne pense pas qu'ils s'en prendront au garçon tant qu'Antonio pense pouvoir récupérer le tableau.

— Et que se passe-t-il si je ne le livre pas ? demande Lucy.

Ses yeux s'écarquillent, et elle se mord la lèvre inférieure.

— Où es-tu censée faire la livraison ? lui demande Mikhail.

Il ne peut pas envisager de livrer ce que la mafia veut. Ça ne lui ressemble pas, surtout vu sa valeur.

Sa voix tremble.

— Ce soir, à mon motel. (Ses lèvres sont pincées et ses sourcils sont froncés alors qu'elle passe son regard de Mikhail à moi.) Ils tueront mon fils et moi si je ne leur donne pas ce qu'ils veulent.

— Et qu'est-ce que tu crois qu'ils veulent ? lui demande Mikhail.

Il la regarde de haut en bas, lisant ses mimiques et son langage corporel. Il est doué pour les interrogatoires. Cela fait partie de son travail.

Lucy ouvre la bouche ; ses lèvres rubis s'écartent et un petit souffle s'échappe tandis qu'elle jette un coup d'œil au bureau. Les certificats sont face cachée, mais je la soupçonne de reconnaître ce qu'elle cherche dans cette pièce.

— Le tableau.

Pourquoi Mikhail n'a-t-il pas rangé les certificats ?

Voulait-il voir si Lucy avait la moindre idée du contenu du tableau ?

— Oui, nous avons vu le tableau. Je ne vois pas comment tu aurais pu faire passer cette horreur par-dessus la clôture sans l'abîmer.

— Ce qui compte est ce qu'il y a à l'intérieur du tableau, murmure Lucy.

— Et qu'est-ce que ça peut être ? lui demandé-je, en m'approchant. Que penses-tu qu'il y ait à l'intérieur d'un tableau ?

— C'est ce que le grand homme italien a dit. Il a mentionné qu'il contenait quelque chose de précieux.

Mikhaïl soupire et passe une main dans ses cheveux.

— Tu l'accompagneras au motel, dit-il en me fixant du regard.

Bien que je ne doute pas de pouvoir gérer Lucy et une poignée d'hommes d'Antonio, s'ils ont la moindre idée de ce que vaut le contenu du tableau, ils ne vont pas laisser des associés de rang inférieur gérer l'échange. Il y aura beaucoup d'hommes armés prêts à faire feu si les choses tournent mal.

— Et qu'en est-il des renforts ?

— Tu n'as pas besoin de t'inquiéter, dit Mikhail.

Il est prudent avant d'en dire plus devant Lucy. Je ne lui en veux pas. Elle a gardé le fait que ce n'était pas le tableau qu'elle voulait, mais les quatre millions de dollars à l'intérieur. Il prend les certificats d'actions sur le bureau et me fait signe de l'accompagner dans le couloir. Il n'y a aucun signe de la clé USB, et je suppose qu'elle est dans la poche de son manteau.

Je ferme la porte et accompagne Mikhail dans le couloir, laissant Lucy seule sur le canapé.

— Je ne veux pas que tu la quittes des yeux. Ce sera probablement un bain de sang quand les Italiens réaliseront qu'elle ne remet pas quatre millions de dollars.

— Vous ne suggérez pas qu'on l'amène au motel.

— Que comptes-tu faire d'elle ? Mikhail demande. Dmitri ne peut pas la garder toute la nuit. Je vais l'envoyer au motel avec Luka pour surveiller vos arrières.

— Elle peut rester ici avec Hannah et Madisyn, dis-je. Madisyn était un agent du FBI. Je suis sûr qu'elle peut garder un œil sur Lucy.

— Tu suggères que ma femme surveille ta petite amie.

Je serre les lèvres, me retenant de commenter le fait qu'elle n'est pas ma petite amie.

— Non, monsieur. Je recommande que Lucy reste avec nous, pour la protéger.

— Pour combien de temps ? demande Mikhail.

Je ne suis pas sûr qu'il aimera ma réponse, mais je la dis quand même.

— Indéfiniment. A moins que la mafia n'ait l'intention de laisser Lucy tranquille, elle sera une cible pour eux.

— La raison pour laquelle tu te soucies de cette fille dépasse ma compréhension. Quand tout ça sera fini, va à Chicago et ramène son fils. Nous en reparlerons.

Mikhail retourne dans son bureau, me laissant informer Dmitri et Luka qu'ils sont sur le point de m'aider à démanteler la mafia, tout ça pour une fille.

Il ferme la porte de son bureau, le verre dépoli empêchant de voir à l'intérieur à travers la porte. Je trouve Dmitri et Luka et les informe de la mission avant de prendre des armes et des munitions à l'armurerie.

La nuit sera longue, et je ne m'attends pas à ce que la mafia soit clémente avec nous. Non, ils vont s'attendre à ce que nous venions armés jusqu'aux dents. Antonio savait que je suivais Lucy, et maintenant, ils ne savent peut-être pas où est sa loyauté. Je ne suis même pas sûr d'en être certain.

SEPT

Lucy

Le patron, Mikhail, entre dans son bureau, nous laissant seuls tous les deux. Je me tripote les mains en m'asseyant sur son canapé en cuir. Il est joli, moelleux, mais je ne suis pas du tout à l'aise, surtout sous son regard.

— Nikita et mes hommes vont s'occuper des Italiens. Tu vas rester ici jusqu'à ce qu'ils reviennent.

Il n'y a pas d'autre endroit où aller que Chicago. Mais je ne vais pas entraîner mon fils dans un massacre. Je l'ai envoyé chez sa tante pour qu'il soit en sécurité.

— Puis-je quitter la propriété pour aller chercher mon téléphone ? demandé-je. J'ai laissé quelques affaires dans la voiture, garée près du manoir.

— Donne-moi tes clés, et je vais récupérer tes affaires, dit Mikhail.

J'enfonce ma main dans ma poche et lui tend mon trousseau de clés et le porte-clés miniature de menottes roses en peluche qui y est attaché. C'était plus drôle quand ma sœur Katie me l'a donné. Maintenant, c'est très inapproprié.

Il s'éclaircit la gorge mais ne fait aucun commentaire sur le porte-clés ou quoi que ce soit d'autre. Mikhail se dirige vers la porte.

— Vous n'avez pas besoin de savoir quelle voiture est la mienne ? demandé-je.

— Tu es garée dehors, une berline bleu foncé, de la rouille sur le pare-chocs et une rayure sur le feu arrière ?

Comment sait-il ça ?

— Oui, murmuré-je.

Je suis pratiquement sans voix. Que sait-il d'autre sur moi ?

— Reste ici.

Mikhail sort du bureau et ferme la porte. Il la manipule pendant une minute, et je soupçonne qu'il m'a enfermé à l'intérieur.

Je vois sa silhouette disparaître à travers le verre dépoli alors qu'il s'éloigne du bureau.

Je suis seule.

Je jette un coup d'œil dans le petit espace. Pour l'énormité de la maison, son bureau est plutôt modeste. Y a-t-il plus de choses cachées derrière une étagère ou un placard de rangement ? J'ai probablement lu trop de livres.

En me levant, je regarde le mur le plus proche. Il n'y a rien qui sorte de l'ordinaire. Le mur est peint d'une douce nuance de bleu. C'est apaisant. Tranquille.

Était-ce intentionnel ?

Je suis silencieuse et méthodique alors que je fouille dans son bureau, jetant des coups d'œil dans le petit espace. Il n'y a aucun signe de caméra ou de surveillance vidéo. Cependant, je n'avais pas remarqué grand-chose à l'intérieur des locaux. A l'extérieur de la propriété, c'est une autre affaire.

La Bratva pense qu'elle peut me posséder et faire de moi ce qu'elle veut. Je ne vais pas travailler pour Nikita ou son patron. Il doit y avoir une autre issue.

Je balaie la pièce du regard, et mes doigts effleurent les murs, la petite bibliothèque plaquée contre le mur, le meuble de classement tout proche. La bibliothèque est neuve par rapport au reste du mobilier qui est recouvert d'une légère couche de poussière, à l'exception du bureau.

Mikhaïl doit s'asseoir souvent à son bureau. Le bois du dessus porte de légers signes d'usure. Des bosses sur le côté, le bois a des imperfections.

Il y a du mouvement à l'extérieur de la pièce, et je me précipite vers mon siège, mais c'est trop tard. Mikhail ouvre la porte et me regarde fixement.

— Tu cherches quelque chose ? demande-t-il.

Il est direct, un peu agressif. Bien qu'il n'ait pas levé la main sur moi, je ne peux m'empêcher de le craindre. Il est fort, grand, et son regard glacial me fait froid dans le dos.

— Non, monsieur.

Il me tend le téléphone qui avait été abandonné dans ma voiture, ainsi que mes clés.

— Tu es plutôt populaire, dit-il.

Je jette un coup d'œil à la demi-douzaine d'appels manqués. Quatre sont de ma sœur, les deux autres sont d'un numéro inconnu. C'est probablement la mafia italienne qui m'envoie des menaces de mort si je ne remplis pas ma part du marché.

— Vas-y et écoute tes messages. Je serai juste à l'extérieur du bureau, dit Mikhail.

Il sort de la pièce, me laissant un semblant d'intimité.

J'écoute mes messages vocaux. La voix de Katie tremble, et il y a un léger soupçon de peur quand elle dit que quelqu'un pourrait être en train de les suivre. Elle est paranoïaque. C'est probablement tout ce que c'est. Ma sœur a beaucoup d'imagination, ça vient avec son travail. Elle est créative, et cette étincelle inclut un soupçon de folie de temps en temps.

Les seuls messages laissés étaient de Katie, et le dernier, elle avait l'air frénétique.

— Lucy, quelqu'un est garé devant la maison. Il est assis dans sa voiture, il nous regarde. Je vais appeler la police, mais j'ai peur.

C'est son dernier message. Il n'y a pas de sms, ni d'autres appels récents d'elle. Une poignée d'appels du même numéro inconnu entre ses premiers appels et les suivants. Ils ont tous un indicateur de zone de New York.

J'appelle Katie, mais elle ne répond pas à son téléphone. Je tombe directement sur la messagerie. J'ouvre une application sur mon téléphone qui me permet de voir sa localisation. D'habitude, elle est affichée. Elle est désactivée.

Je ne peux pas rester là à me demander ce qui est arrivé à Katie et Zion.

J'attrape la poignée de la porte, elle est déverrouillée. Je l'ouvre d'un coup sec et me précipite dans le couloir devant Mikhail.

— Où vas-tu ? demande-t-il.

— Je dois y aller.

Je ne prends pas la peine d'expliquer. J'ai mes clés de voiture, et je vais essayer de prendre le vol le plus rapide possible pour Chicago. Conduire me prendrait toute la nuit. Si j'ai de la chance, j'y arriverai plus vite en prenant l'avion.

— Où ? Mikhail est bourru et ne s'excuse pas le moins du monde dans son ton et son comportement.

Il n'est probablement pas habitué à ce que quelqu'un ne suive pas ses ordres. Je ne suis pas un de ses hommes.

— Ma sœur est en danger, ils en ont après mon fils. C'est la seule chose qui a un sens.

— Les Italiens ? demande Mikhail.

Ses sourcils se froncent, et il se caresse la mâchoire. Je n'attends pas qu'il dise un autre mot ou qu'il me convainque que c'est trop dangereux. Je me précipite dehors, courant vers le portail principal pour rejoindre mon véhicule dans la rue.

— Laisse-la passer, crie Mikhail à l'un des gardes.

Le garde ouvre le portail. Il est lent et grince, et je n'attends pas qu'il soit entièrement ouvert pour le franchir et me précipiter vers mon véhicule. Je saute dedans, démarre le moteur, et appuie sur l'accélérateur.

Mon téléphone jeté sur le siège à côté, j'utilise la commande vocale pour appeler les compagnies aériennes et j'essaie de réserver le prochain vol pour Chicago. Le fait qu'il y ait deux grands aéroports où je puisse me rendre m'aide et, au moment où je me gare sur le parking de l'aéroport, je tape les chiffres de ma carte de crédit que j'ai mémorisés et je me précipite vers la borne d'enregistrement pour obtenir mon billet.

Mon cœur martèle dans ma poitrine, et je passe rapidement la sécurité, me dépêchant de prendre mon vol. L'avion a du retard. Je devrais me sentir inondée de soulagement, mais au lieu de cela, j'ai l'estomac noué.

Katie et Zion sont en danger à chaque seconde où je suis coincée dans ce stupide aéroport. Je veux les aider, m'assurer qu'ils vont bien.

Je ne suis même pas sûre de ce que je vais faire quand je serai à Chicago. Comment puis-je les aider ? Je ravale mes nerfs et je fais la queue avec tout le monde pour monter à bord de l'avion, les hôtesses de l'air montant en premier, avec le pilote.

Je ne vais pas tarder à arriver, quelques heures, et avec un peu de chance, tout va bien.

J'ai la nausée durant tout le vol, et ce ne sont pas juste les turbulences ou le fait d'être coincée entre deux personnes alors que je suis installée dans un siège du milieu.

Le simple fait de penser à toutes les choses horribles que la mafia pourrait faire à mon fils ou à ma sœur me bouleverse. Mon pied tape contre le sol. Je suis envahie par une énergie débordante, alimentée par l'inquiétude. C'est une combinaison horrible, qui fait que mon estomac se retourne et que mes mains tremblent.

Je ne veux pas être malade.

Finalement, l'avion atterrit, et mes pieds sont toujours instables alors que je me presse dans le terminal. J'essaie d'appeler Katie, mais elle ne décroche toujours pas son téléphone. Dès que je suis dehors, il fait sombre et froid pour le printemps. J'ai l'impression que qu'il neige.

Je serre ma veste et me dirige vers la station de taxis pour me faire conduire chez ma sœur.

— Lucy, viens avec moi.

Son souffle chatouille mon oreille et me fait frissonner. Il pointe l'arme dans mon dos, et bien que je ne me sois pas retournée pour voir qui c'est, je reconnais cet accent.

Il est avec les hommes qui ont menacé mon fils. C'est un des Italiens, il fait partie de la mafia.

— Qu'est-ce que vous faites ? demandé-je.

— Silence ! Tu n'as pas à demander quoi que ce soit.

Il m'attrape le bras et m'éloigne avec force des taxis et des passants qui attendent leur tour. Il marche rapidement, presque en trottinant, mais je ne sais pas pourquoi.

Son arme est pressée contre ma cage thoracique, et sa veste la dissimule, mais je sais sans l'ombre d'un doute qu'il appuiera sur la gâchette si je ne fais que crier à l'aide. Et si je suis morte, qui protégera mon petit garçon et ma sœur ?

— Où m'emmènes-tu ?

— Qu'est-ce que j'ai dit à propos des questions ?

Il est brutal et m'escorte jusqu'à son véhicule, un 4x4 noir aux vitres teintées. Il me pousse sur la banquette arrière et claque la porte derrière moi. Il n'y a que nous deux. Je pourrais le neutraliser, mais s'il a fait quelque chose à Zion et Katie, alors il pourrait me conduire à eux.

Je m'assois à l'arrière du 4x4. Il a oublié de me fouiller, non pas que je puisse avoir une arme. Je viens de descendre d'un avion. Je n'ai pas de bagage avec moi, juste mon téléphone.

Avec précaution, je le sors de ma poche, m'assurant qu'il ne le remarque pas. Je n'ai pas le numéro de téléphone de Nikita. Nous ne sommes pas amis, mais en ce moment, il est la seule personne qui peut m'aider à sortir de cette situation. Il est effrayant. Et avouons-le, il n'est pas ami avec les Italiens, ce qui fait de lui la personne parfaite pour m'aider.

Sauf que je ne sais pas comment le joindre, ni aucun de ses hommes.

— Regarde devant toi ! me crie l'Italien.

Je lève les yeux au ciel et m'affale sur le siège arrière, en regardant droit devant moi. Je préfère être coincée avec Nikita plutôt qu'avec cet imbécile.

Pour un supposé monstre, Nikita ne semble pas si mal. Mais j'ai passé une journée avec cet homme. Je n'avais pas exactement vu tous ses côtés.

— Où est-ce que tu m'emmènes ?

Il lève les yeux vers le rétroviseur, ses yeux froids et distants. Il n'y a pas de réponse sur ses lèvres. Son attention est tournée vers la route.

Je regarde par la fenêtre. Il fait sombre dehors. Je ne connais pas très bien la ville, mais nous nous dirigeons vers le sud sur l'autoroute. Je ne peux pas vraiment ouvrir la porte arrière et sauter du 4x4, en supposant que les portes n'ont pas de sécurité enfant. Je suis sûre qu'il n'y a pas d'issue facile.

— Comment as-tu su où me trouver ? demandé-je.

— Assez de questions ! Silence ! crie-t-il.

Je l'énerve. Bien.

— Je n'ai pas le tableau, dis-je, exposant l'évidence. Je n'ai pas pu le faire passer par la sécurité.

Il ne répond pas. Il m'ignore, et c'est peut-être mieux comme ça. Je déteste les conversations avec les méchants. Je croise mes bras sur ma poitrine. Nous dépassons les voitures, l'une après l'autre. Il ne fait pas le moindre effort pour ne pas se faire arrêter. Si j'ai de la chance, un flic l'arrêtera pour excès de vitesse.

Mais cet homme n'a pas l'air du genre à s'arrêter pour un officier.

Il regarde à nouveau dans le rétroviseur. Son regard sur moi un moment de plus que nécessaire, il tend la main.

— Donne-moi ton téléphone.

— Quoi ? Pas moyen.

— Tu veux que je m'arrête et que je vienne le chercher ?

Je tends ma main vers l'avant avec mon téléphone. Il l'attrape, baisse la vitre et le jette dehors.

— C'était pour quoi ça ? crié-je.

J'avais des photos de Zion sur mon téléphone et des vidéos de lui depuis sa naissance.

— Je ne veux pas que ton petit ami nous suive.

Petit ami. De qui parle-t-il ?

Il doit voir la confusion sur mon visage quand il jette un coup d'œil dans le rétroviseur avant d'appuyer plus fort sur l'accélérateur.

— Nikita Krylova. Il était dans ton motel la nuit dernière.

J'ouvre la bouche pour objecter que ce n'est pas comme ça, mais ce ne sont pas ses affaires.

— Tu as apprécié la tempête ? demandé-je.

S'il traînait dans le parking, est-ce que Nikita l'a vu ? Peut-être qu'ils ont installé une surveillance sur place et qu'ils regardaient de l'extérieur. Je ne veux pas penser à eux regardant à l'intérieur de ma chambre d'hôtel. Les poils de mes bras se hérissent.

— Ce n'est pas la seule chose qui a été appréciée, il ricane.

Il n'y a aucune chance qu'il ait des yeux à l'intérieur du motel. Il ne s'est rien passé entre Nikita et moi. Un bon gros rien. Et je devrais être heureuse de ça, mais je ne sais pas vraiment pourquoi je ne le suis pas.

Nikita ne réalise probablement même pas que je suis une femme. Il fait à peine attention à moi, sauf pour me réprimander et m'interroger. Eh bien, ça n'a pas d'importance. Si je sors d'ici vivante, ce n'est pas comme si j'avais à le revoir.

Je ne travaille pas pour lui. Je refuse de travailler gratuitement ou de payer une stupide dette qu'il croit que je dois.

Il traverse quatre voies de circulation et nous prenons la prochaine sortie menant à une autre autoroute. La ville est derrière nous et s'éloigne de plus en plus. Il ne conduit pas prudemment et je m'étonne qu'il n'ait pas eu une demi-douzaine de voitures le klaxonnant pour avoir changé de voie de manière irréfléchie.

Nous prenons la sortie et il doit freiner brusquement pour ne pas percuter la barrière en ciment. Je bondis sur la banquette arrière et m'agrippe au bord du siège pour ne pas voler dans le véhicule.

J'attrape la ceinture de sécurité et la tire sur mes genoux. Ce n'est pas comme ça que je vais mourir, pas si j'ai mon mot à dire.

Je ne prends pas la peine de lui demander combien de temps il reste, je doute qu'il me le dise.

Nous roulons pendant près de deux heures avant de sortir de l'autoroute. Les routes sont sombres, la région désolée. Où nous emmène-t-il, bon sang ?

Il s'arrête devant une propriété qui semble s'étendre sur plusieurs hectares de terrain. Il n'y a rien d'autre que des terres agricoles à des kilomètres à la ronde. Il coupe le moteur et sort, arme à la main, en ouvrant la porte arrière.

— Dehors, aboie-t-il.

— Tu vas me tuer ? lui demandé-je.

Ça fait beaucoup de route pour venir ici et me tuer. Mais il a peut-être reçu l'ordre de ne pas se faire prendre en train de se débarrasser de mon corps. Je sors par la porte ouverte.

— Tu parles trop.

Il m'attrape le bras et m'escorte de force dans la ferme.

— Tu ne dois pas avoir rencontré ma sœur, dis-je en grimaçant.

J'espère qu'il ne l'a pas rencontrée.

Il déverrouille la porte d'entrée. Les lumières sont éteintes, mais des bougies éclairent l'intérieur.

— Rentre.

Il me pousse dans la maison, ferme la porte et la verrouille. Son arme est toujours bien calée dans sa main. Est-ce qu'il prévoit de me menacer avec une arme ou de me tuer ?

— Mama ! Zion court droit dans mes bras.

Je me penche, l'attirant dans mes bras, protégeant mon garçon.

— C'est bon, dit Katie.

Elle sort du coin de la pièce.

J'attrape Zion, le soulève dans mes bras, l'éloigne de l'homme armé et me dirige rapidement vers Katie. Comment peut-elle être si calme en ce moment ?

— Rien n'est bon, marmonné-je.

— Tu peux lui faire confiance, dit Katie.

— Le type qui a brandi une arme et qui m'a forcée à monter dans son véhicule ? Est-ce que ma sœur a perdu la tête ?

Katie le fixe du regard.

— Tu l'as menacée avec une arme ?

Il s'éclaircit la gorge.

— Je n'avais pas vraiment le choix. Les Italiens nous suivaient. Je ne pouvais pas être sûr qu'ils n'avaient pas mis un traceur ou un dispositif d'écoute sur elle. Dans le pire des cas, ils pensent que je suis avec la mafia de New York et que je l'ai capturée.

Son accent disparaît, et il a un accent typique du Midwest. Ce bâtard m'a bien eu.

— Putain, qu'est-ce qui se passe ?

— Declan, voici Lucy, dit Katie en nous présentant comme s'ils étaient amis.

Le nom me dit vaguement quelque chose, mais je suis sûre que c'est juste une coïncidence.

— La petite sœur de Katie, dit Declan en affichant un sourire narquois. Tu l'admirais toujours quand tu étais enfant.

Je fais un pas en arrière, stupéfaite. Le même Declan avec qui nous sommes allées à l'école quand nous vivions à Breckenridge. Je n'avais pas pensé à la maison depuis la mort de tante Maggie. J'avais manqué ses funérailles, non pas parce que je ne voulais pas, mais parce que Zion avait de la fièvre.

Je ne l'aurais jamais reconnu, même si ce n'est pas comme si je traînais avec lui. Declan et Katie étaient inséparables. Moi, j'étais la petite sœur.

— Qu'est-ce que tu fais ici ?

Et depuis quand est-il devenu un si gros con ? Je suis toujours énervée qu'il ait pointé une arme sur moi et m'ait pratiquement jetée à l'arrière de son véhicule avec son accent italien de merde.

Ce n'était pas un mauvais accent. Je suis juste furieuse qu'il se soit joué de moi. Il a toujours été un farceur, et je jure que c'est comme s'il n'avait jamais grandi. Pourquoi Katie l'a appelé à l'aide ?

— Katie et moi sommes restés en contact depuis l'enterrement, dit Declan.

Je fixe Katie du regard. Quand avait-elle prévu de me dire qu'elle était sortie avec son ex ? Ils étaient ensemble au lycée, pratiquement inséparables, jusqu'à ce que quelque chose se produise un jour et change tout. Katie ne m'a jamais dit la raison, juste que c'était fini.

— Tu ne m'as pas dit que tu l'avais vu.

Je ne peux pas croire que Katie m'ait caché quelque chose comme ça ! Je n'ai pas été très franche dans mon récent épisode mafieux, mais je devais la protéger, elle et mon fils. Elle en sait assez pour savoir que nous sommes en danger.

— Je ne veux pas briser ces retrouvailles, mais, dit Declan. (Il semble protecteur envers Katie.) On était suivis quand je t'ai vu à l'aéroport et sur l'autoroute pendant presque la moitié du trajet.

Mes mains tremblent, et je serre plus fort Zion, voulant le protéger de tout ça.

— Suivis par qui ? demandé-je.

Il sort son téléphone et révèle une poignée de photos qu'il a prises pendant que je me hâtais vers la station de taxis.

— Tu me surveillais ?

— Je devais m'occuper de la surveillance et te protéger, dit Declan.

— Je n'ai pas besoin de ta protection.

Je le regarde de la tête aux pieds. Ce n'est pas un petit homme. Il est bien bâti, beau, et fait de la musculation. Je peux voir l'attraction que Katie pourrait avoir pour lui, mais ce n'est pas mon type. Et même s'il l'était, je ne laisserais aucun homme se mettre entre ma sœur et moi.

Declan attrape une baguette métallique. Elle ne fait qu'environ 15 cm et est fine lorsqu'il la guide autour de mon corps, s'arrêtant à ma poche lorsqu'elle émet un bip.

— Tu cherches une arme sur moi ? demandé-je. Je n'en ai pas, tu te souviens ? Je viens juste de l'aéroport.

La baguette émet des bips incessants au niveau de la poche de mon pantalon, et ses sourcils se froncent.

— Je suis désolé pour la scène de tout à l'heure, mais comme je le soupçonnais, quelqu'un a planté un mouchard.

— Pardon ?

— Qu'est-ce qu'il y a dans ta poche ? demande Declan.

Je sors mes clés et le porte-clés qui y est attaché.

Il me l'arrache des mains et les examine.

— On dirait un traceur, dit-il. Je ne vois pas de dispositif d'écoute ou d'équipement de surveillance.

Il manipule le porte-clés, me montrant un point minuscule, pas plus grand qu'une tache faite par un crayon.

— On a des brouilleurs tout autour de la zone.

— Qui voudrait me suivre ?

La seule personne qui a eu accès à mes clés était Nikita et Mikhail. Ont-ils placé le traceur ?

— La mafia ? demande Katie. Tu as dit qu'ils te surveillaient, te forçaient à voler quelque chose à des hommes malveillants.

— La Bratva, chuchoté-je. Nikita doit avoir placé le traceur. Il sait où je suis.

Même si Declan peut brouiller le signal, Nikita aurait pu le suivre jusqu'à la localisation la plus récente, la ferme, ou à proximité.

Les yeux de Declan s'écarquillent, et il passe une main dans ses cheveux.

— Tu as volé la Bratva russe ?

Il y a un soupçon d'inquiétude dans sa voix ; ses yeux sont écarquillés et il respire lourdement.

— J'ai essayé, mais ils m'ont attrapée. De toute façon, la Bratva n'est pas mon plus gros problème en ce moment. Ce sont les Italiens. Ils menacent ma famille.

— Ouais, on peut dire ça. La famille Moretti à New York a dû faire appel à la famille Rinaldi à Chicago. J'ai remarqué Francesco et Giovan à l'aéroport, mais il pourrait y en avoir d'autres.

— Et tu es sûr qu'ils ne nous ont pas suivis ? demandé-je.

— Je sais comment semer un véhicule qui me suit. C'est ce que je fais pour vivre, du genre agent de sécurité.

— Tu es garde du corps ? lui demandé-je, jetant un coup d'œil à Katie.

L'a-t-elle appelé ici pour l'engager ou parce qu'il y a quelque chose entre eux ?

— C'est un de mes rôles chez Tactique de l'Aigle, dit Declan. Assez parlé de moi. Que veulent les Italiens ? Qu'est-ce qu'ils t'ont demandé de voler ?

Je ne fais pas confiance à Declan. Il essaie peut-être de me sauver la vie et de me mettre en sécurité, mais il ne m'a pas fait ses preuves, du moins pas encore.

— Un tableau, réponds-je. Mais ça n'a pas d'importance. Les Russes sont au courant du casse et vont rencontrer les Italiens pour s'en occuper. Je devais livrer le tableau ce soir aux Italiens.

— Et quand tu es allée précipitamment à l'aéroport, ils l'ont remarqué, dit Declan.

— Comment ? J'étais avec les Russes chez eux quand je suis partie pour l'aéroport.

— Peut-être que les Russes leur ont dit ? Declan hausse les épaules et jette un coup d'œil à Zion qui repose sa tête sur mon épaule et se blottit dans mes bras.

Il se fait tard pour le petit gars.

— Je devrais le mettre au lit, dis-je. Son heure de coucher est largement passée.

— Je vais te montrer sa chambre, dit Katie et elle me conduit dans le couloir et en haut des escaliers.

Je borde Zion dans son lit et ferme silencieusement la porte. Katie m'attend dans le couloir.

— Je suis contente que tu ailles bien.

Elle me prend dans ses bras avec force.

— Moi ? J'étais inquiète pour toi. J'ai eu tes messages, mais je n'arrivais pas à te joindre, et quand j'ai essayé de te rappeler et de localiser ta position, tu n'étais pas sur la carte.

— Je sais, dit Katie. C'était le but. Personne ne devrait nous trouver ici, sauf peut-être tes amis de la Bratva. J'aurais aimé que Declan te fouille mieux à l'aéroport.

— Je pensais qu'il était avec la mafia !

Je descends les escaliers, ne voulant pas réveiller Zion, et Katie est juste à côté de moi.

— Ça ne faisait pas partie du plan. Declan peut être un peu inconventionnel, mais tu peux lui faire confiance. Je te promets que je ne l'aurais pas contacté si je ne pensais pas qu'il pouvait nous aider.

— Même s'il peut nous aider, Nikita ne va pas me laisser partir.

— Qu'est-ce qui te fait dire ça ? demande Declan, surprenant la fin de notre conversation dans les escaliers.

Est-ce qu'il connaît Nikita ?

— Je suis endettée envers la mafia et la Bratva. Nikita me protège. Du moins je pense que c'est pourquoi il était à l'extérieur de ma chambre l'autre nuit. C'est peut-être aussi parce qu'il ne me fait pas confiance.

— Il était à l'extérieur de ta chambre au motel ? demande Katie, les yeux écarquillés en regardant Declan.

C'est comme s'ils communiquaient silencieusement, mais je ne comprends pas ce que leurs regards expriment.

— Quoi ? demandé-je, ne comprenant pas. Il n'y a rien entre Nikita et moi.

S'ils insinuent que je couche avec un membre de la Bratva, Katie est si loin de la réalité qu'elle pourrait aussi bien être en Arctique.

— Tu n'arrêtes pas de parler de lui, dit Katie.

Je n'avais pas réalisé que j'avais autant parlé de Nikita.

— Il est juste insupportable à côtoyer. Et il s'attend à ce que je travaille sous ses ordres dans son club. Je suis endettée pour lui avoir volé sa stupide clé de maison.

— Travailler dans son club ? répète Declan, ça semble absurde pour une clé volée.

— Je me suis peut-être aussi fait prendre en train d'entrer par effraction. Bien que, techniquement, je n'ai pas pu entrer par effraction, sauf si sauter la clôture compte. Dans ce cas, je suis coupable. Le patron veut qu'il paie les nouvelles serrures et les nouveaux systèmes de sécurité. Il veut que je paye la facture.

— Et c'est combien, exactement ? demande Declan.

Ses mains se serrent en poings à son côté. Cet homme a l'air de vouloir tabasser quelque chose ou quelqu'un.

— Nikita ne l'a pas dit.

— Tu ne vas pas retourner avec ces monstres, dit Declan.

Il s'éclaircit la gorge et regarde Katie. Est-ce qu'il attend d'elle qu'elle le soutienne ?

Elle se déplace dans le salon et pose une main sur son bras, ce qui semble l'aider à se calmer. Ses poings se détendent ainsi que ses épaules, et la tension semble se dissiper en lui.

— On trouvera une solution ensemble, dit Katie.

Il y a un coup sec à la porte, et je retiens mon souffle.

Est-ce la mafia ? Sont-ils venus pour tuer ma famille ?

— Ouvrez ! Un épais accent italien traverse la porte.

— Montez à l'étage, enfermez-vous dans la chambre avec Zion, dit Declan. (Il récupère son arme, rangée dans son étui à la hanche, et une seconde arme fixée sous une table basse. Il donne la seconde arme à Katie.) Allez !

HUIT

Nikita

— C'était une embuscade, dis-je en rentrant dans la propriété pour me doucher et me changer.

J'ai quelques égratignures qui pourraient être nettoyées et pansées, mais rien d'important. Dmitri et Luka s'en sont sortis vivants, mais c'était un bain de sang, et les Italiens nous attendaient, leurs gars étant dix fois plus nombreux que nous.

Ils ont envoyé un grand nombre de leurs associés de bas niveau, ce qui a rendu l'élimination d'un par un considérablement plus facile.

— Pas de surprise. Lucy est partie il y a quelques heures, dit Mikhail.

Ma mâchoire se serre.

— Partie ? Où diable est-elle allée ?

Mikhail l'a laissée partir ? Elle était censée rester dans l'enceinte, où elle était en sécurité.

— A l'aéroport, et avant que tu ne dises quoi que ce soit, j'ai demandé à un de nos gars de vérifier sur quel vol elle est montée.

— Et vous ne pensez pas que les Italiens pourraient faire la même chose ? (Je passe mes doigts dans mes cheveux et je grimace, sans réaliser qu'il y a une écorchure sur mon front. La douleur est sourde comparée à celle dans ma poitrine.) Où est-elle allée ?

Elle va faire tuer son fils et elle-même si elle ne fait pas attention.

— Elle a pris l'avion à O'Hare, dit Mikhail.

Comme je le soupçonnais, elle n'allait pas s'échapper pour des vacances ou se cacher sans son enfant.

— Je dois prendre un vol pour Chicago ce soir.

— Tu es sûr qu'elle en vaut la peine ? demande Mikhail. Je te laisse le champ libre. Je me souviens de ce que j'ai dit à propos de te faire payer pour les serrures, la sécurité, l'installation de la clôture..., il termine.

Si c'est sa façon de s'excuser, c'est tout ce que je peux espérer entendre de la bouche de Mikhail.

— Je voulais la faire payer pour tout ça, dis-je. Elle va travailler pour moi au club.

Du moins, c'était mon intention hier soir, jusqu'à ce que la situation explose devant moi, et maintenant, j'envisage de lui courir après.

Putain mais qu'est-ce que je fais ?

— La poursuivre est strictement professionnel ? demande Mikhail.

Son regard me dit qu'il ne croit pas à mes conneries, mais ce n'est pas lui qui a besoin d'être convaincu.

Je ne lui réponds pas.

— Je ne peux pas aller à l'aéroport avec des vêtements pleins de sang.

Je me dépêche de monter les escaliers pour m'habiller et me nettoyer. Je saute dans la douche avant que l'eau ne soit chaude et je grimace.

Elle est glacée et brûle en coulant sur ma peau jusqu'à ce qu'elle se réchauffe. Le sang coule dans le drain, et dès que l'eau est chaude, je ferme la douche, me sèche et enfile un costume propre et frais.

Mikhail frappe à la porte de la chambre, et je l'ouvre d'un coup sec, une paire de chaussettes noires à la main.

— Je ne sais pas comment tu comptes retrouver Lucy, mais mon pilote est prêt et il te retrouvera à l'aérodrome.

Je pousse un soupir de soulagement à l'idée de ne pas avoir à passer par la sécurité aérienne ou par un quelconque contrôle douanier. Bien que je préfère toujours voler en privé, ce n'est pas moi qui décide. C'est l'avion et le pilote de Mikhail.

— Merci, monsieur.

— Sais-tu au moins comment la trouver ? demande Mikhail.

Je prends mon téléphone sur le comptoir de la salle de bain avec mes vêtements ensanglantés. J'ouvre l'application de traçage, mais ça ne me donne pas beaucoup d'informations. Elle est toujours en route pour Chicago. Sa dernière position connue était l'aéroport.

— Ouais, j'ai mis un traceur sur son porte-clés la nuit dernière.

Les Italiens vont probablement jeter son téléphone. Ils sont moins susceptibles de chercher un traceur sur ses clés. Nous les surpassons en termes de technologie et d'équipement de surveillance.

— Tu es sûr qu'elle en vaut la peine ? Tu sais quoi, oublie ça. (Il secoue la tête, ne voulant clairement pas que je réponde.) Il est clair que tu as un *faible* pour cette fille.

J'ouvre la bouche pour objecter. Ce n'est pas comme si nous étions les gentils, partant en mission de sauvetage pour sauver de jolies femmes. Il a peut-être raison, mes motivations ne sont pas désintéressées. Mais ce n'est pas quelque chose sur lequel je veux m'attarder.

J'attrape un jeu de clés pour le 4x4 et je me dépêche d'aller au garage, en sautant sur le siège conducteur. J'appuie sur le bouton pour ouvrir le garage et je démarre en trombe. Anton s'occupe du portail, il l'ouvre et me laisse passer avant que je n'aie le temps de ralentir.

Je me dirige vers l'aéroport régional, où se trouve le jet privé de Mikhail. Le pilote est déjà dans l'avion quand j'arrive, faisant ses vérifications avant le vol. Je n'ai pas de bagage, rien à emporter avec moi à part mon téléphone et les armes que je porte.

Prenant place sur le cuir beige, je laisse le pilote s'occuper de nous amener à Chicago. Il n'y a pas grand-chose que je puisse faire à part rester assis et attendre.

Je ne suis pas un homme patient.

Je déteste attendre.

Le seul plaisir que j'ai dans tout ça, c'est que Lucy n'a pas beaucoup d'avance sur moi. Elle a quelques heures, mais je serai à Chicago ce soir et je la retrouverai.

Après le décollage, j'ouvre le mini-frigo et je me prends une boisson et un encas. Il est peu probable que je dîne ce soir, et je meurs de faim à cause de la fusillade.

Je suis impatient et agité jusqu'à ce que nous atterrissions enfin et que je puisse à nouveau suivre sa position. Il y a une voiture de location qui m'attend déjà à notre arrivée.

Un coup d'œil à mon téléphone, et il est évident que son téléphone n'a pas de réseau. Il a dû être jeté car sa dernière position connue est quelque part sur le bord de l'autoroute. Pourtant, le traceur que j'ai caché sur ses clés la nuit précédente, quand je les avais en ma possession, indique sa dernière position connue au milieu de nulle part, à au moins une heure au sud-ouest de la position du téléphone portable.

Il n'y a pas de signal actif émis, mais elle est détenue là où son signal a été émis pour la dernière fois, si j'ai de la chance.

Je me dirige rapidement vers son emplacement, sans savoir ce que je vais trouver. Sa sœur et son fils habitent en ville. Je voyage dans la direction opposée. J'espère qu'elle n'a pas remarqué le traceur et qu'elle s'est débarrassée de ses clés sur un pauvre type dans son vol pour me perdre.

Ferait-elle ça ?

Je me hâte vers l'endroit, et plus je m'éloigne de la ville, plus il y a de terres agricoles et de champs ouverts. Aucun signe évident de Lucy ou de la mafia se débarrassant d'un corps. J'ai l'estomac retourné. Il fait nuit dehors, et il n'y a pas de clair de lune, juste un ciel épais et nuageux et quelques gouttes de pluie qui tapent sur le pare-brise.

Je quitte l'autoroute et me dirige vers sa dernière position connue, une ferme. La route est sombre, peu éclairée, et assez difficile à trouver. Mais je ne suis pas le seul à me trouver devant la maison.

Une demi-douzaine de véhicules sont garés devant, leurs phares allumés. Des hommes armés tirent sur la porte d'entrée, les balles déchirent le revêtement en bois et transpercent le bâtiment.

Je mets le moteur en stationnement et saute du véhicule en brandissant mon arme. Un homme sage aurait fui, fait demi-tour et se serait enfui avant même qu'ils ne remarquent qu'il y avait un témoin.

Non pas qu'ils se soucient des témoins ou d'aller en prison. Ils tueront quiconque se mettra en travers de leur chemin.

Je n'ai pas le moins du monde peur de la mort. Je dégaine mon arme et tire plusieurs fois, éliminant trois hommes avant qu'ils ne détournent leur attention de la ferme vers moi.

Je suis cloué sur place sous les tirs.

Celui qui se trouve à l'intérieur de la maison tire à son tour sur les hommes, tirant plusieurs balles, forçant la mafia à reporter son attention sur la ferme. Alors qu'ils me tournent le dos, je leur tire plusieurs balles supplémentaires alors qu'ils utilisent leurs véhicules pour les protéger de l'assaut des tirs provenant du premier étage de la maison.

Des corps jonchent l'allée non pavée. Sans aucun doute, d'autres hommes vont venir, à la recherche de Lucy et de sa famille.

Le silence se fait à l'intérieur de la maison. Les coups de feu cessent lorsque la mafia ne tire plus sur la ferme.

— Lucy ! crié-je dans l'obscurité et je me dirige prudemment vers la ferme. (Je n'ai pas l'intention de me faire tirer dessus, mais je ne sais pas ce qu'elle a dit à sa sœur à mon sujet ou qui brandit l'arme qui m'a sauvé la mise lorsque je me faisais canarder.) C'est moi, Nikita, dis-je. Je suis là pour te protéger.

— Ne fais pas un pas de plus ! une voix masculine me répond en criant. Ou je t'abats.

Qui est-ce, putain ?

— C'est bon.

La voix de Lucy est douce et rassurante alors que je l'entends dire à l'homme à l'intérieur que je ne suis pas dangereux pour elle.

Elle est trop confiante. Mais je ne lui ferai pas de mal.

Il y a un bref échange entre eux avant qu'il ne reparle.

— Tu peux entrer, mais pas avec ton arme. Tu remettras ton arme à la porte.

Je n'aime pas les termes de cet accord, et j'ai à moitié envie de tirer sur le connard qui m'empêche de pénétrer dans les lieux. Mais il protégeait Lucy des tireurs, et ça ne serait pas de refus d'avoir un autre assassin entraîné quand la mafia reviendra, car ils ne laisseront pas Lucy tranquille tant qu'ils n'auront pas obtenu ce qu'ils veulent. Peu importe pour eux qu'elle ne l'ait pas. Ces salauds sont tenaces.

— Bien, dis-je en grommelant.

Je retire le chargeur et les balles de mon arme. Je me dirige vers la porte d'entrée, et les escaliers en bois grincent et gémissent sous mon poids. Je ne sais pas combien de temps encore la ferme est habitable. Les balles jonchent les murs. Aux premières lueurs du jour, les dégâts seront plus évidents et apparents, mais nous ne devrions pas rester jusqu'au lever du soleil.

La mafia a traqué Lucy. Je dois la ramener à New York, où je pourrai la protéger.

Je décharge le chargeur et le canon avant de remettre mon arme, la rendant inutile pour l'homme qui garde la porte.

— Qui es-tu ? lui demandé-je, en le scrutant.

Il n'est ni de la mafia, ni de la Bratva, ni d'une autre organisation que je reconnais. S'il était un fédéral ou un flic, d'autres agents grouilleraient dans les locaux.

Lucy se tient juste hors de portée, les bras croisés sur sa poitrine. Une autre jeune femme porte un jeune enfant dans ses bras. Ce doit être la sœur de Lucy et Zion, le fils de Lucy.

La maison est sombre, il est difficile d'y voir plus qu'une silhouette.

— Que fais-tu ici ? demande Lucy.

Le gentleman ignore ma question au profit de celle de Lucy.

— Je viens vous ramener, toi et ta famille, à la maison, dis-je. Vous n'êtes pas en sécurité à Chicago avec la mafia à vos trousses.

— Et tu peux la protéger ? demande l'homme debout à côté de la porte.

— Mieux que toi, ricané-je. On rentre à la maison.

— Je ne vais pas laisser ma sœur ou mon fils derrière moi.

Lucy fait un pas en arrière vers sa sœur.

Elle les a déjà mis en danger en impliquant sa sœur et en amenant son fils à Chicago.

— Bien. Il y a assez de place dans le jet privé pour retourner à New York.

— Tu ne les emmènes nulle part, dit l'homme.

La sœur de Lucy lui remet le petit garçon et s'avance vers l'homme étrange à la porte. Elle semble le connaître car elle pose une main sur son bras.

— On ne peut pas rester ici, Declan.

— Alors, reviens à Breckenridge avec moi, dit Declan.

— Ce n'est pas de là que tu viens ? demandé-je, jetant un regard dans la direction de Lucy. Si j'ai cette information, la mafia aussi. Ils t'attendront avec des hommes à Breckenridge à la minute où tu mettras le pied en ville.

— Qu'est-ce que je suis censée faire ? demande Lucy.

Elle berce son garçon. Il n'est pas du tout endormi. Il a les yeux brillants et écarquillés et s'accroche à sa mère, ses bras autour de son cou et ses jambes autour de sa hanche.

Ça m'inquiéterait s'il n'était pas terrifié après ce qu'ils viennent d'endurer.

— Je peux te protéger à la propriété, dis-je. Tu travailles pour moi, Lucy. On protège notre famille.

Je lui ai promis un travail au club, cela fait d'elle une employée.

Les yeux de Declan se crispent quand il me regarde.

— Tu es de la Bratva russe.

Il y a du dégoût dans sa voix. Il est révolté par qui je suis. Mais il ne sait rien de moi.

— Et tu ne sauras jamais ce que c'est que d'avoir des frères qui te soutiennent. Nous devons partir maintenant. (Je fixe Lucy du regard.) La mafia va faire venir des renforts. Ils enverront plus d'hommes à cet endroit s'ils ne te remettent pas à leur chef.

Lucy soupire lourdement. Elle doit savoir que j'ai raison.

— Nikita a raison. On doit se déplacer, mais je peux protéger les filles, dit Declan.

— Lucy va revenir à New York. (Je ne vais pas discuter avec lui.) Ce n'est pas négociable. Si tu veux jouer au scout et nous suivre, vas-y.

Il se moque de ma suggestion.

— Et si on la laissait décider ?

Declan et moi tournons notre attention vers Lucy. Son regard est hésitant, elle passe de lui à moi et vice-versa.

— On doit mettre un terme à tout ça, dit Lucy. Je ne vais pas passer ma vie à me cacher, à faire semblant d'être quelqu'un d'autre, à devoir toujours regarder par-dessus mon épaule.

— On peut te protéger, dit Declan. C'est ce que je fais dans la vie, je travaille comme garde du corps, j'aide des enquêtes privées et des missions de sécurité. J'ai une équipe entière qui peut te protéger.

— Je vais avec Nikita, dit Lucy. Et je prends Zion avec moi.

— Ta sœur doit venir aussi, dis-je.

Il n'y a aucune chance que je laisse la sœur de Lucy derrière moi. Elle ne me pardonnera jamais si quelque chose lui arrive.

— Je m'appelle Katie, dit la fille en s'approchant de moi, l'air défiante. (Elle fait quelques centimètres de moins que Lucy, mais les recherches que j'ai effectuées ont montré qu'elle était plus âgée de quelques années. Il y a un feu derrière son regard, une détermination qui me prévient qu'elle ne me rendra pas la vie plus facile.) Et je vais à Breckenridge avec Declan, où il peut me protéger.

— Tu n'es pas plus en sécurité avec lui, dis-je en jetant un coup d'œil dans la direction de Declan. Il a réussi à tenir le fort jusqu'à ce que j'arrive. Mais ça ne veut pas dire qu'il aura encore de la chance. La mafia va s'en prendre à toi parce que tu es importante pour Lucy. Toute personne à laquelle Lucy tient est en danger.

Katie ouvre la bouche et la referme rapidement avec un gros soupir.

— Je ne quitterai pas Declan. Je le suit partout où il va.

Il passe un bras sur ses épaules, l'attirant contre lui dans son étreinte.

— On devrait partir pour Breckenridge, dit-il.

Je me moque de sa suggestion. Il risque la vie de Katie, mais ce n'est pas à moi de les convaincre de nous accompagner. C'est peut-être mieux qu'ils quittent Chicago. La mafia veut peut-être atteindre Katie, mais leur priorité sera Zion, le fils de Lucy. Et si Katie a sa propre sécurité qui veille sur elle, c'est une personne de moins dont je dois m'inquiéter.

Je ne suis pas entièrement d'accord avec le scénario de Katie ne nous accompagnant pas, mais ce n'est pas à moi de prendre cette décision. C'est à elle de décider.

Katie dépose un baiser rapide sur les lèvres de Declan avant de se dégager de son étreinte.

— Je vais avec Declan à Breckenridge. (Elle prend Lucy dans ses bras pour un câlin d'au revoir.) Tu devrais venir avec nous, murmure-t-elle un peu trop fort.

— On doit y aller, dis-je en tendant la main à Declan pour qu'il me rende mon arme. Mon arme.

Il me tend l'arme vide en me présentant la crosse. Je glisse le chargeur dans l'arme, m'assurant qu'elle soit prête en cas de besoin. Je ne veux pas être pris au dépourvu.

Lucy embrasse une dernière fois sa sœur et porte Zion jusqu'à ma voiture de location.

J'ouvre la portière arrière, et elle l'attache sur le siège. Il n'y a pas de rehausseur. On devra faire sans. Lucy ne dit pas un mot. Elle se glisse sur la banquette arrière à côté de Zion, et je ferme la porte, revenant au côté conducteur.

Le silence règne dans le véhicule alors que je m'éloigne de la ferme endommagée.

— Les Italiens étaient à l'aéroport, dit Lucy.

Je la regarde dans le rétroviseur. Ses yeux verts sont écarquillés, remplis d'inquiétude. Elle n'a pas à s'inquiéter tant que je suis avec elle. Je peux la protéger.

— Bien. Laissons-les continuer à surveiller l'aéroport, dis-je.

— On ne retourne pas à New York ?

— Si, mais on ne prend pas un vol commercial.

Je prends la route principale et me dirige vers l'autoroute. Quand je suis sûr qu'on n'est pas suivis, j'appelle Mikhail et demande que son pilote nous rejoigne à la piste d'atterrissage.

C'est l'heure de rentrer à la maison.

Zion a dormi profondément pendant tout le vol et le trajet en voiture jusqu'au domaine. Je jette un coup d'œil dans le rétroviseur lorsque nous arrivons à la maison. Il n'y a qu'une seule issue. La mafia ne va pas reculer. J'ai besoin de voir Aleksandra en face à face.

— Laisse-moi t'aider, proposé-je en ouvrant la portière arrière.

Lucy sort du véhicule, je sors Zion du siège et le porte dans la maison.

Les sourcils de Lucy sont froncés, et sa lèvre inférieure est coincée entre ses dents. Elle ne veut pas que je m'approche de son fils, mais je suis le meilleur moyen de protection qu'elle ait.

Je la conduis dans la maison. Le soleil est déjà levé, et Zion remue dans mes bras. Le petit a réussi à dormir plus longtemps que je ne le pensais, mais il a aussi vécu une expérience traumatisante pour un enfant de six ans.

Lucy étouffe un bâillement. Ses yeux sont lourds, méfiants. Elle doit être épuisée.

— Où allons-nous ? demande-t-elle.

— Je vais te montrer ta chambre.

Je n'ai pas encore présenté le scénario à Mikhaïl, mais si je dois renoncer à ma chambre pour Lucy et

Zion, je m'installerai sur le canapé du bureau. En attendant, je me dirige vers une chambre libre.

Mikhail a plus de chambres que d'invités. Pendant toutes les années où j'ai travaillé pour la Bratva, je n'ai jamais vu la maison pleine.

J'ouvre la chambre vide, mais je ne prends pas la peine d'allumer la lumière. Il y a assez de lumière naturelle qui passe par les rideaux ouverts.

Il y a un lit, un Queen, poussé contre le mur.

— Je vais faire apporter un lit double, dis-je.

Il y a au moins deux matelas doubles datant de l'époque où Liam et Sophia, les jumeaux d'Aleksandra, vivaient sous le toit de Mikhail. Je vais devoir sortir un des lits de la réserve, mais je suis sûr que Lucy appréciera de ne pas avoir à partager un lit avec son fils.

— Je n'ai pas sommeil, marmonne Zion en se dégageant de mon étreinte.

Je pose ses pieds sur le parquet, et il se précipite vers Lucy.

— L'un d'entre nous a assez dormi cette nuit, murmure Lucy en frottant le sommeil de ses yeux.

Lucy force un sourire à travers son regard lourd. Elle est épuisée, mais je ne sais pas comment m'occuper d'un garçon de six ans. D'ailleurs, je doute qu'elle me fasse confiance pour le surveiller quelques heures pendant qu'elle dort.

Elle soulève Zion et le pose sur le matelas avant d'attraper la télécommande de la télévision fixée au mur.

— On peut peut-être te trouver des dessins animés, dit Lucy.

Lucy a du mal à garder les yeux ouverts. Elle n'est pas la seule. La nuit a été longue, sans compter la fusillade à la ferme près de Chicago. Nous avons aussi été pris en embuscade au motel. J'aurais bien besoin d'une sieste aussi.

— Maman, je veux aller au parc, dit Zion.

Il descend du matelas, peu intéressé par la télévision.

— Après le petit-déjeuner, dit Lucy.

Elle est en conflit avec elle-même. Elle a envie de dormir, mais elle ne veut pas décevoir Zion. Ou peut-être sait-elle qu'il ne la laissera pas faire la sieste.

— Il est censé pleuvoir, dis-je, soulagé de ne pas avoir à être le méchant qui dit à l'enfant qu'il ne peut pas aller au parc parce que ce n'est pas sûr.

Au moins, c'est la météo qui est à blâmer.

Le nez de Zion se fronce, et il boude.

— Je m'ennuie.

— Et si on regardait s'il y a des dessins animés à la télé ? demande Lucy, en essayant à nouveau de le convaincre de se calmer et de regarder la télévision.

Elle pense probablement qu'elle peut faire une sieste pendant un petit moment s'il est dans la pièce avec elle, occupé.

Zion grimpe sur le bord du matelas, ses pieds se balançant sur le côté tandis que Lucy zappe les chaînes de télévision.

Je les laisse seuls tous les deux, fermant la porte de la chambre pour les tenir à l'écart des problèmes et les confiner dans leur chambre pendant que je parle à Mikhail de la possibilité d'accueillir des invités sous son toit. Je descends les escaliers et je ne suis même pas arrivé en bas quand j'aperçois le patron qui monte les marches.

— J'ai entendu dire que nous avions de la compagnie, dit Mikhail.

Que pensait-il qu'il allait se passer après l'embuscade du motel et l'emprunt de son jet privé pour Chicago ?

— C'est exact. Je les ai installés dans une des chambres pour les invités. Je vais demander à Luka de m'aider à prendre le matelas double dans la réserve pour le petit garçon.

— Et la sœur ? demande Mikhail.

Il a deux longueurs d'avance, mais c'est une préoccupation de moins pour nous tous vis-à-vis de Katie.

— Elle a décidé de retourner à Breckenridge avec son petit ami.

Je n'élaborerai pas sur Declan ou sur le fait que le petit ami de Katie travaille dans la sécurité. Il m'a aidé. Le moins que je puisse faire est de le laisser sortir des problèmes. Sinon, Mikhail voudra faire venir Declan pour l'interroger. Je n'ai pas envie de faire des prisonniers ou de détruire la famille de Lucy.

Mikhail pousse un lourd soupir alors que je descends les dernières marches.

— Et l'enfant ? Comment va-t-il ?

— Il va bien, considérant que la maison était sous le feu des balles hier soir quand je suis arrivé.

— Putain, bon, c'est bien que tu aies réussi à faire sortir Lucy et son fils vivants. Ils peuvent rester dans la chambre jusqu'à ce que nous décidions des prochaines étapes concernant les Moretti.

— A propos de ça, monsieur. Je pensais que ce serait une bonne idée que je rende visite à Aleksandra.

— Tu veux parler à ma sœur ? Mikhail se passe une main sur le visage.

Il a l'air aussi épuisé que moi à la mention d'Aleksandra.

— Elle est impliquée. Je l'ai vue hier quand Lucy est partie à pied devant le club.

Les mains de Mikhail tombent sur ses côtés.

— Tout simplement merveilleux.

Il n'est pas du tout ravi d'entendre cette nouvelle. Il n'est pas en contact avec Aleksandra. Ils ont pris des voies différentes après qu'elle soit entrée dans la mafia. Ils sont mariés ou vont se marier, je n'ai pas vraiment gardé un œil sur le petit feu follet.

Mais Mikhail ne doit pas être ravi que je parle d'elle et que je prévoie de lui rendre visite. Je m'attends presque à ce qu'il m'interdise de la voir, mais ce n'est pas une visite de courtoisie.

— Fais ce que tu as à faire, mais fais attention. Je ne veux pas avoir à récupérer ton corps.

Je préférerais ne pas rendre visite à Aleksandra, mais mes options sont limitées quant à la façon de gérer cette situation avec Lucy. Et je n'ai pas la moindre idée de combien de temps elle va m'écouter et rester dans les limites du domaine.

Je fais une petite recherche sur Aleksandra et les jumeaux, pour savoir dans quelle école primaire elle a inscrit Liam et Sophia. Je suis épuisé et j'aurais bien besoin de quelques heures de sommeil, mais je renonce à mes désirs par nécessité.

Protéger Lucy et Zion est en haut de ma liste.

Je prends les clés du 4x4 et me dirige vers l'école primaire. Aleksandra devrait les déposer d'un moment à l'autre. Je prends un risque, en supposant que les enfants ne sont pas conduits par un bus scolaire.

Je doute qu'Antonio permette à ses enfants de prendre un bus scolaire. Il serait trop inquiet de leur sécurité. Il a plus d'ennemis que la Bratva.

Je me gare un bloc plus loin, la place la plus proche que je peux trouver, et je marche le reste de la distance. En quelques minutes, je repère Aleksandra à quelques mètres derrière Sophia et Liam, les jumeaux se pressant avec leurs sacs à dos en bandoulière, se dirigeant vers l'entrée principale.

— Oncle Nikita ! crie Sophia, ses yeux s'élargissant alors qu'elle court vers moi et me prend dans ses bras.

Cette enfant a tellement grandi en si peu de temps. Ça fait quoi, presque deux ans ?

Je ne suis pas techniquement son oncle, mais j'ai conduit les jumeaux à l'école maternelle d'innombrables fois. J'ai passé beaucoup de temps avec eux, mais jamais comme babysitter.

Je m'accroupis, la serrant dans mes bras. Liam me regarde de haut en bas. Il n'y a pas de pardon dans son regard. Seulement de la colère et de l'amertume. Il est le fils d'Antonio.

— Tu devrais aller à l'intérieur. Tu ne veux pas être en retard, dis-je à Sophia.

— Tu m'as manqué, dit Sophia avant de relâcher son étreinte et d'attraper la main de Liam, l'entraînant vers les portes ouvertes.

Aleksandra s'arrête de marcher, devant moi. Son attention se porte brièvement sur les jumeaux alors qu'elle s'assure qu'ils franchissent les portes de l'école avant de poser à nouveau son regard serré sur moi.

— Que fais-tu ici, Nikita ?

— Je suis ici avec un avertissement. Tu dois laisser Lucy et Zion tranquilles. Je ne voudrais pas que quelque chose arrive aux jumeaux.

— C'est une menace ? grogne Aleksandra et elle entre dans mon espace personnel.

Elle n'est pas du genre à reculer devant une menace ou un combat.

Je ne veux pas menacer ses enfants, mais si elle n'a rien en jeu et rien à perdre, alors elle ne coopérera pas.

— C'est exactement comme tu le prends, dis-je. Laisse Lucy et sa famille tranquille. Zion n'a pas sa place dans ton combat, pas plus que Liam ou Sophia.

Elle se mord la lèvre inférieure. Ses mains sont serrées en poings à ses côtés. Je m'attends presque à ce qu'elle me frappe, mais elle ne le fait pas.

— Pourquoi fais-tu ça ? lui demandé-je.

Aleksandra se moque de ma question.

— Lucy travaille pour nous.

Est-ce ce qu'elle pense ? La mafia la possède parce qu'elle s'est mêlée de quelque chose qu'elle n'aurait pas dû.

— Plus maintenant.

Elle sourit et hausse les épaules.

— Tu connais le seul moyen pour que la mafia laisse Lucy tranquille.

Son regard perçant me retourne l'estomac.

Lucy doit faire partie de la Bratva et pas seulement être une employée de bas rang. C'est le marché que nous avons passé et pourquoi Lucy s'est introduite dans le domaine. Antonio ne pouvait pas envoyer un membre de la mafia ou un associé. Ça aurait déclenché une guerre.

Il a fait la meilleure chose à faire, trouver une fille en difficulté et l'utiliser pour obtenir ce qu'il voulait.

— Lucy ne t'appartient pas.

— À toi non plus, dit Aleksandra. Si tu veux qu'on la laisse tranquille, tu sais ce que tu dois faire. Epouse-la.

NEUF

Lucy

— Il faut qu'on parle.

Nikita entre en trombe dans la chambre sans frapper à la porte.

Zion jette un coup d'œil à Nikita avant de reporter son attention sur les dessins animés sur l'écran.

— Je reviens tout de suite, dis-je en déposant un baiser sur le front de Zion. (Je descends du matelas et sors de la chambre, fermant la porte derrière moi.) Qu'est-ce qu'il y a ?

Nikita ne semble pas pouvoir rester en place alors qu'il se tient dans le couloir. Il est agité et anxieux. Pourquoi ?

— Tu dois m'épouser.

A-t-il perdu la tête ?

— Pardon ? (Je ne trouve pas mes mots, ma bouche desséchée par sa remarque. Il ne peut pas être sérieux.) Pourquoi t'épouserais-je ?

— J'essaie de te protéger. Si nous sommes une famille, la mafia ne posera pas un doigt sur toi ou Zion.

Je ne le crois pas. Ce doit être une sorte de ruse. A quel jeu joue-t-il, en suggérant que nous nous marions ?

— Tu ne peux pas les menacer ? Leur dire de nous laisser tranquilles ?

— Je l'ai déjà fait, dit Nikita en se raclant la gorge. C'est la seule option.

— Je ne t'épouserai pas, dis-je en refusant son offre, si tant est qu'elle puisse être qualifiée de telle.

Je saisis la poignée de la porte de la chambre.

— Lucy, attends..., dit Nikita.

Je lui jette un coup d'œil par-dessus mon épaule et me retourne pour voir qu'il a ouvert la boîte d'une bague de fiançailles en diamant.

— Tu as acheté une bague ? ma voix grince. (L'adrénaline me traverse alors que j'essaie de reprendre mon souffle.) C'est de la folie.

— Je t'aime bien, *Malish*. C'est un bon début pour un mariage.

— Non, ça ne l'est pas ! Épouser quelqu'un par amour, c'est normal. Pas par protection.

Hannah marche dans le couloir, et sa mâchoire se décroche en apercevant la bague.

— Sérieusement ? Tu lui fais une demande en mariage ? Luka ! crie-t-elle et elle descend les escaliers en trombe. Comment se fait-il que Nikita se fiance avant nous ?

Nikita glousse devant l'emportement d'Hannah.

Je ne vois pas l'humour, mais Nikita se penche en avant, ses lèvres frôlant mon oreille.

— Tu as interrompu la demande en mariage de Luka le soir où tu as essayé de nous cambrioler.

— Oh. (Je jette un coup d'œil derrière Nikita alors que Hannah se précipite en bas des escaliers.) Je ne vais pas l'épouser ! répliqué-je comme si ça allait régler la situation entre Hannah et Luka.

Nikita ne demande pas ma main parce qu'il m'aime ou qu'il veut passer sa vie avec moi. C'est par un quelconque devoir héroïque, ce que j'ai du mal à croire, vu qu'il est de la Bratva.

— Ouais, mais au moins il a demandé.

Hannah ne semble pas pouvoir laisser tomber. Luka va passer un sale quart d'heure.

— Viens, parlons, dit Nikita en prenant ma main.

Il me pousse à le suivre dans le couloir.

Je regarde en arrière vers la chambre avec Zion à l'intérieur.

— Il ira bien.

Les paroles de Nikita ne sont pas aussi rassurantes que je l'espérais, mais Zion est occupé et n'est pas susceptible d'errer dans les couloirs à moins d'avoir besoin de quelque chose.

— D'accord, mais seulement pour quelques minutes, insisté-je et je suis Nikita qui monte un autre escalier vers sa chambre. Qu'est-ce qu'on fait ici ?

Je fais de mon mieux pour ne pas contempler la taille de sa chambre. Elle fait au moins deux fois la taille de la mienne. Je me dirige vers la fenêtre, et je regarde la vue sur le jardin. C'est assez beau, non pas que je l'admette devant lui.

— Je suis inquiet pour Zion et toi, dit Nikita. (Ses sourcils sont froncés, et sa lèvre inférieure fait la moue quand il parle.) La mafia ne s'arrêtera pas. Aleksandra a été claire, tu travailles pour eux à moins que tu sois l'une d'entre nous.

Je ne veux pas faire partie de la Bratva. Je ne désire pas non plus être possédée ni travailler pour la mafia.

— Alors je vais partir. Je vais fuir avec Zion.

— Et ils te traqueront, dit-il. Il ne s'agit plus seulement du tableau ou du contenu qu'il cachait.

Il ne me dit pas ce qu'il y avait dans le tableau, mais je sais que ça avait de la valeur. J'avais ordre de démonter le tableau et d'apporter le contenu à l'intérieur directement à Antonio. Je n'étais pas censée me faire prendre.

— Je n'ai pas ce qu'ils veulent. Pourquoi ne sont-ils pas après toi ou Mikhail ? demandé-je. S'il dirige la Bratva, ne devraient-ils pas s'en prendre à lui ? Pourquoi moi ?

— Il y a une trêve entre la Bratva et la mafia. Tu dois choisir un camp, Lucy. C'est eux ou nous.

— Et si je ne choisis pas ?

— Tu viens travailler pour moi, comme nous en avons discuté au club. Je ferai ce que je peux pour te protéger.

— J'ai un travail, et il paie bien, dis-je.

Bien que le salaire ne soit pas très élevé, c'est suffisant pour garder un toit au-dessus de ma tête et de la nourriture sur la table. Nikita m'avait prévenue que je travaillerais sous ses ordres pour rembourser ma dette pour ce que j'ai fait ce jour-là, voler sa clé et m'introduire dans le domaine.

— Et la mafia sait où tu travailles. Dès que tu mets un pied dans ce café, tu es morte. Tu veux laisser ton fils sans mère ?

Mon souffle se bloque dans ma gorge. Ses mots sont comme un poignard qui me transperce le cœur. Au moins, ma sœur s'occuperait de Zion et l'élèverait comme son propre fils. Mais ce n'est pas sa responsabilité, et qui peut affirmer que la mafia s'arrêtera avec ma mort ?

— Je resterai ici, où Zion est en sécurité, mais je ne t'épouserai pas.

S'il pense qu'il peut réclamer mon cœur, il se trompe complètement.

Nikita ne semble pas surpris par ma réaction. Il referme la boîte contenant la bague de fiançailles.

— Je ne peux pas dire que je suis surpris, mais j'espérais que tu retrouves la raison et que tu réalises que le mariage n'est rien de plus qu'un contrat. Je ferai ce que je peux pour te protéger, Malish, mais la mafia ne va pas abandonner.

— J'espère que tu as tort, dis-je. Je n'ai ni le tableau ni le contenu qu'ils veulent. Je ne suis même pas sûre à cent pour cent de ce que j'étais censée trouver dans le tableau.

— Je ne te forcerai pas à m'épouser, mais tu dois prêter serment d'allégeance à la Bratva si tu vis sous ce toit. Mikhail te fera exécuter toi et ton fils si tu le trahis.

Exécuter ?

— Je te suis loyale. Je ne songerais pas à trahir qui que ce soit, dis-je.

Je ne veux rien avoir à faire avec la mafia ou la Bratva. Rester ici, c'est un moyen d'arriver à mes fins. Nikita est prêt à offrir sa protection, et je ferai tout pour garder Zion en sécurité.

Même si cela signifie épouser Nikita, mais je ne suis pas prête à lui admettre.

Je ne suis pas ravie de laisser Zion à la maison, mais Hannah et Madisyn ont insisté pour le garder pendant que je travaille. Il semblait très excité de jouer avec Kira et bien qu'elle soit plus jeune que lui, son âge ne semblait pas le déranger.

— Je vais te déposer au club, dit Nikita en me conduisant au travail.

— Tu ne dois pas y rester ? lui demandé-je. (Mon estomac se retourne à l'idée que tout ça soit un coup monté. Non, Nikita ne ferait pas ça. Il a juré de me protéger.) Qui va me former ?

Ce n'est pas comme si je ne savais pas transporter des boissons et servir les clients, mais je pensais qu'il garderait un œil sur moi pendant le travail.

Les mains de Nikita se crispent sur le volant et il me lance un regard noir. Il n'est pas du tout content de mes questions.

— Je suis sûr que tu peux apprendre à prendre les commandes de boissons. Je ne te demande pas d'être barmaid. En plus, j'ai quelque chose de plus urgent à gérer.

Il ne développe pas.

Nikita me dépose à l'entrée arrière. Il n'attend pas que j'entre par la porte. Il est assez intelligent pour réaliser que cette fois, je ne m'enfuirai pas. Mon fils est chez eux. Partir n'est pas une option.

La musique retentit dans le club. Il y a une poignée de clients, mais l'endroit n'est pas bondé, pas comme la dernière fois que j'étais ici et que j'ai bousculé Nikita.

Je traverse le couloir, et un autre homme, russe, m'attrape le bras. Je le reconnais de la maison. Je l'ai vu dans le coin, mais je ne le connais pas, sauf que je pense pouvoir lui faire confiance. Il n'est pas avec la mafia.

— Tu dois te préparer, dit-il et il me conduit au vestiaire, ouvrant la porte où une poignée de filles se déshabillent et enfilent leurs uniformes.

Bien que le club ne soit pas un club de strip-tease, il exhibe ses danseuses en string et en haut de bikini qui couvrent à peine leurs tétons.

— Nikita me fait travailler comme serveuse, dis-je, en précisant que je ne suis pas là pour danser.

— Deux de nos danseuses sont malades. Une troisième a démissionné. Je n'ai pas besoin d'une serveuse. J'ai besoin d'une danseuse, dit-il en me regardant de haut en bas. Tu feras l'affaire.

— Non, je ne le ferai pas.

— C'est pas une question, dit-il en prenant une tenue argentée scintillante sur le présentoir et en me la lançant. Prépare-toi ou va-t'en.

Je préférerais partir, mais Zion est à la maison avec la Bratva. Ai-je le choix ? Je cède, je me déshabille, et je suis soulagée quand le Russe sort du vestiaire.

— Ce n'est pas si mal, dit l'une des filles en appliquant un épais eyeliner, accentuant ses yeux bleus. Les pourboires font que ça vaut le coup, et la plupart des gars sont plutôt sympas. Je m'appelle Ava, dit-elle.

— La plupart d'entre eux ? coassé-je.

Mon cœur martèle ma cage thoracique. Je n'ai jamais dansé.

— Une vierge, dit l'autre fille en souriant. Ne le dis pas aux gars ; ils vont se battre pour avoir ton attention toute la nuit, et on perdra nos pourboires.

— N'écoute pas Bailey, dit Ava. Elle est juste jalouse qu'Anton t'ait choisie pour danser. C'est un sacré compliment.

— Ça n'en a pas l'air, marmonné-je.

Je ne suis pas du tout à l'aise dans mon ensemble, le string argenté et le bikini triangle. Il couvre bien mes tétons, mais on voit bien le côté de mes seins, sans parler du reste de mes seins qui se tendent contre le tissu.

Les deux filles travaillent-elles volontairement dans ce club ?

Je ne demande pas. C'est mieux de ne pas savoir. De plus, je ne veux pas mettre leurs vies en danger à cause de mes erreurs.

Bailey et Ava sortent du vestiaire. Mes pieds sont pratiquement collés au sol. Je n'ai pas envie de bouger, et je n'ai surtout pas envie de danser pour des hommes qui me reluquent et me fixent comme si j'étais un morceau de viande. Je n'ai jamais aimé être le centre d'attention ou sous les projecteurs.

Cela va si loin de ma zone de confort qu'il s'agit de quelque chose d'entièrement différent. Mais ai-je le choix ? Je dois protéger Zion, et si cela signifie jouer selon les règles, je ferai ce que je dois faire.

Est-ce que Nikita a planifié cette mascarade ? Me faire travailler au club et me forcer à danser. Peut-être qu'il ne voulait pas admettre qu'il voulait me voir dans un peu plus qu'un string et a convaincu son pote Anton de me donner des ordres.

Si Nikita voulait que je danse, il m'aurait directement dit que c'était mon travail. L'homme ne cache pas la vérité, pas quand il veut quelque chose. Il est impétueux, effronté, et ne s'en excuse pas du tout. Je ne le blâme pas pour ce qu'il est. Il fait partie de la Bratva. Au moins, il sait ce qu'il veut.

Moi ?

Je veux juste survivre et protéger mon fils à tout prix.

Anton passe sa tête dans le vestiaire sans s'annoncer.

— Allez, la nouvelle. Ramène ton cul sur la plateforme centrale.

— Pardon ? (Est-ce que je l'ai bien entendu ? Il y a plusieurs postes et points de danse dans le club, mais la plateforme centrale est le cœur du club et le point focal. Il m'attrape le bras et me tire hors du vestiaire, me laissant voir la scène où l'on s'attend à ce que je danse.) Ça ne devrait pas être réservé à Ava ou Bailey ? lui demandé-je.

La plateforme est deux fois plus grande que les autres postes de danse. Une table est disposée autour de la plate-forme centrale, avec des chaises pour que les clients puissent regarder et se divertir.

Je n'ai pas envie de danser, et encore moins de porter ce minuscule ensemble qui couvre très peu et ne laisse presque rien à l'imagination.

— Monte sur la plateforme, me grogne Anton en me tirant le bras et en me traînant sur la scène.

Il n'y a peut-être pas beaucoup de clients, mais ça n'a pas d'importance. Tout le monde dans le club me regarde. Anton m'a humilié. Mes joues sont chaudes, et j'ai envie de taper du pied et de faire une crise de colère pour sortir de ce désastre dans lequel je me suis retrouvée.

Les enceintes diffusent de la musique qui fait vibrer la plateforme. Ils m'ont donné des talons aiguilles à porter, et bien qu'ils soient d'une taille trop petite, au moins je ne vais pas lancer mes chaussures à la tête d'un type pendant une danse.

Et puis, je devrais peut-être envisager un peu d'hostilité quand je me produis – n'importe quoi pour être expulsée d'ici. Je préférerais être à la maison, enfermée à l'intérieur, plutôt que de donner un spectacle à des hommes en chaleur.

— Danse ! crie Anton quand je ne bouge pas sur la plateforme.

Je me sens comme une pâte mouillée. Je ne suis pas du tout gracieuse ou sexy. Enfin, je ne me considère pas comme sexy. J'ai des hanches et des courbes. Un enfant est sorti de moi, et je n'ai jamais retrouvé ma taille 36. Ces jours sont loin derrière moi.

Je me déhanche au rythme de la musique, et un groupe d'hommes siffle et m'interpelle sur mes mouvements. Je n'aime pas l'attention, mais Anton n'en a rien à faire de ce que je veux. Il attrape le micro, avec l'intention de m'humilier encore plus.

— Applaudissez notre vierge sur la piste de danse, Layla.

Est-ce que toutes les filles ont des faux noms de danseuses ? Ce n'est pas la pire des idées. Moi dansant sur la scène, par contre, ça l'est.

Une poignée de gars hue et applaudit. L'attention de tous est sur moi, y compris celle de Bailey et Ava. Les deux filles me lancent des regards noirs, ainsi qu'une poignée d'autres danseuses que je n'ai pas rencontrées, toutes des femmes, toutes portant des tenues similaires et pratiquement nues.

Chaque chanson devient plus facile, je danse, je me balance, je me déhanche et j'accepte les pourboires des hommes ivres qui cherchent un peu de plaisir. Je ne déteste pas ça autant que je le pensais, pas quand la nuit devient plus agitée et plus bruyante.

J'ai beau être au centre de la scène sur la plateforme centrale, je ne suis pas le centre d'intérêt de tout le monde. C'est un soulagement accueillant de danser et de prétendre que personne ne me regarde.

Mais ils me fixent, leurs regards s'attardent plus longtemps qu'ils ne le devraient, épiant chaque parcelle de ma peau nue.

Je jette un coup d'œil à Bailey qui s'abaisse sur la plateforme, permettant aux hommes d'atteindre son string et d'y insérer une liasse de billets.

Je l'imite comme si elle était une œuvre d'art et mime la manœuvre. Un homme au nez pointu et aux cheveux fins et grisonnants me fesse en mettant un billet d'un dollar dans ma culotte.

— Combien pour t'acheter pour toute la nuit ? demande-t-il.

Sa voix est rauque et me fait froid dans le dos.

— Elle n'est pas à vendre, fulmine Nikita, qui attrape l'homme par le col et lui assène un coup de poing dans la mâchoire avant de l'expulser par la porte.

Depuis quand Nikita est là ?

Le club est bondé, et avec le projecteur qui tourne entre les plateformes, il est difficile de voir plus de quelques mètres devant moi. Je suppose que c'est voulu. Ils veulent que je fasse attention aux clients qui sont prêts à donner un pourboire.

Nikita arrive en furie, le visage rouge alors qu'il s'approche de la plateforme mais se tient sur le sol en dessous de moi.

— Mon bureau, maintenant ! grogne-t-il.

Mon souffle se bloque dans ma gorge et il me tend la main pour m'aider à descendre de la plateforme. Il n'a pas l'air très heureux de me voir. Pense-t-il que je ne suis pas faite pour être danseuse ? Il n'est pas satisfait de ma performance ? Je n'ai pas demandé ça. Je n'ai rien demandé de tout ça.

Sa main est chaude et forte. Il m'aide à descendre et ne lâche pas ma main jusqu'à ce que nous soyons en haut dans son bureau. Il claque la porte derrière nous.

— Qu'est-ce que tu foutais ?

— Je dansais, murmuré-je, surprise par son ton et sa colère. (Son visage est rouge, et ses narines se dilatent tandis qu'il me regarde de haut en bas.) Anton m'a dit que je devais danser. Qu'il avait besoin d'une fille pour occuper la scène.

Nikita rit sinistrement et passe une main dans ses cheveux. Il s'approche, envahissant mon espace personnel. Il sent le musc, et je ne le fais pas intentionnellement, mais je respire, aspirant une bouffée de son parfum masculin. Mes entrailles bouillonnent, mais je cache mon désir, même s'il n'y a pas grand-chose à cacher. Peut-il voir l'humidité entre mes cuisses ?

— Tu ne danseras plus jamais dans mon club. (Nikita est furieux, et il recule d'un pas, faisant les cent pas dans son bureau. Il enlève sa veste de costume et me la tend.) Mets ça.

Est-il gêné de me regarder ?

— Je suis désolée, je ne ressemble pas à tes autres filles. A Ava et Bailey.

Je glisse mes bras dans les manches et je serre le blazer sur ma poitrine, en croisant les bras. Je me sens encore nue sous son regard.

— Tu crois que c'est pour ça que je suis en colère ? Nikita attrape mon menton, ses yeux me fixent tandis que son regard s'attarde sur mes lèvres. Aucun homme ne mérite de te regarder comme si tu étais un morceau de viande et qu'ils étaient affamés.

— Je doute sérieusement que qui que ce soit m'ait prêté autant d'attention.

Je rejette son commentaire. Quelques hommes me lorgnaient, mais je ne suis pas la fille la plus attirante en bas, ni la meilleure danseuse.

— Personne ne doit te regarder comme je le fais, dit Nikita.

Mon souffle se bloque dans ma gorge.

— Pardon ? coassé-je.

Ma bouche se dessèche, et Nikita s'avance vers moi. Je fais un pas en arrière, me heurtant à la porte fermée. J'inspire fortement et Nikita cligne des yeux plusieurs fois avant de m'écarter et de sortir du bureau en claquant la porte derrière lui.

Mais c'était quoi ça ?

DIX

Nikita

J'ai failli l'embrasser.

Ce n'est pas la seule chose que j'avais envie de faire, voir Lucy danser sur cette plateforme, se déhancher de façon sexy, ses seins fermes dépassant de l'étoffe qui couvre son corps.

A quoi pensait Anton en la faisant monter sur la scène pour danser ?

Je l'écarte et me glisse hors de mon bureau avant que mon érection furieuse ne me force à faire quelque chose de regrettable.

Lucy n'a donné aucune indication qu'elle m'aime bien ou qu'elle veut avoir quelque chose à faire avec moi. Elle reste dans le coin uniquement parce qu'elle a besoin que je la protège. Et je n'ai pas l'intention de salir ma réputation ou de la blesser à cause d'un besoin bestial en moi.

Même si elle est super sexy à regarder et qu'elle fait vibrer ma bite avec ses déhanchements.

Je descends en trombe les escaliers et trouve Anton en bas du club. Je lève mon poing et lui envoie un coup au visage.

— Putain de merde, mec, crie-t-il.

Anton est assez intelligent pour ne pas se défendre. Pas s'il ne veut pas finir mort.

— Tu l'as mise sur la piste de danse !

— Qui ? Les sourcils d'Anton sont froncés jusqu'à ce qu'il réalise de qui je parle. La nouvelle fille ?

— Lucy n'a pas à danser, grogné-je, et il s'écarte de mon chemin avant que je puisse lui asséner un second coup au visage.

Pas que j'essaie, mais il est prudent. Il fait plusieurs pas rapides en arrière vers le couloir, et je le suis. S'il essaie de s'enfuir, il sera très déçu que je ne le laisse pas partir.

— Deux filles sont malades. Une troisième a démissionné récemment. J'ai besoin de danseuses, et Lucy a un corps super sexy. N'était-elle pas superbe sur scène ? (Anton plaisante avec un sourire en coin.) Allez, mec, remercie-moi pour ça. Tu sais que tu mourrais d'envie de voir ses seins et son cul.

Je frappe à nouveau le visage d'Anton, et bien qu'il tente d'esquiver, il n'est pas assez rapide. J'ai passé des mois au lycée à faire de la lutte et de la boxe. J'ai l'habitude de me battre, que ce soit déloyal ou pas.

— Ne parle plus jamais de Lucy comme ça, et elle est hors limite en tant que danseuse.

— Pourquoi ? Anton ne sait pas quand fermer sa gueule.

— Je suis ton putain de patron. Je décide des règles. Ça devrait être une raison suffisante.

Il lève les yeux au ciel, et je me retiens de lui donner un coup de genou dans l'aine et de le faire se plier en deux de douleur.

— Ne t'approche pas d'elle. Elle est à moi ! Je me retourne et remonte à l'étage, m'arrêtant devant la porte de mon bureau.

Mon cœur bat la chamade dans ma poitrine. Lucy est juste de l'autre côté de la porte, elle m'attend. Je ravale mes doutes, ouvre la porte d'un coup sec et la regarde fixement. Elle porte ma veste de costume, et elle a l'air absolument baisable.

Elle est assise au bord de mon bureau, les jambes légèrement écartées, et bien qu'elle porte un string, il n'y a pas grand-chose sous ce manteau. Lucy est irrésistible.

J'ai envie de la baiser.

Je claque la porte derrière moi, et elle se penche en avant, les mains accrochées au bord du bureau en bois de chaque côté.

Les escarpins ne font pas de mal à l'ensemble, non plus. Anton avait peut-être raison de l'habiller et de l'exhiber. Mais bon sang, je ne veux pas que quelqu'un d'autre la regarde comme je le fais, comme je le veux quand je la déshabille et la dévore.

J'ai envie de l'entendre crier mon nom pendant que j'enfonce ma bite en elle.

Soufflant, elle me regarde.

— Je vais avoir des problèmes ? Ses joues sont roses, ses yeux verts, sombres de luxure.

Bon sang, j'aimerais que ce soit son œuvre et sa faute. J'aurais alors une raison de la faire se pencher sur mon bureau et de la punir. Mais ce n'est pas elle qui est à blâmer. C'est la faute d'Anton.

Je me dirige vers le bureau, mes doigts se prennent dans ses cheveux et les repoussent hors de son visage.

— Ce n'est pas toi qui as des problèmes, *Malish*, dis-je.

— *Malish* ? demande-t-elle en inclinant légèrement la tête.

Je n'ose pas lui dire que c'est un surnom qui signifie bébé. Elle est à moi. Je ne veux la partager avec personne. Son souffle me chatouille, et je me penche vers elle sans l'embrasser.

La chaleur entre nous pourrait enflammer la pièce.

Sa respiration s'intensifie. Elle est excitée, et que ce soit à cause de la danse ou de notre proximité, je peux sentir qu'elle me désire. Comme un animal en chaleur, je suis prêt à la ravager. Mais je me retiens assez longtemps pour m'assurer qu'il n'y aura pas de regrets. Je ne l'oblige pas à faire ça.

Elle travaille pour moi.

C'est mon employée, et elle vit sous le toit de Mikhail. Ne rendons pas les choses plus compliquées qu'elles ne le sont déjà, étant donné les circonstances.

— Est-ce que tu me désires ? murmure Lucy, sa langue balayant sa lèvre inférieure.

Sa voix est douce, à peine plus forte qu'un murmure, mais j'entends tout ce qu'elle a à dire et plus encore qu'elle me dit sans mots.

— Je te veux depuis que j'ai posé les yeux sur toi.

Ce n'est pas un mensonge. Au club, la première fois que nous nous sommes rencontrés, j'aurais aimé la baiser dans mon bureau. Le fantasme est toujours là, primal.

Elle m'attrape par la cravate et me tire plus près. Ses lèvres couvrent les miennes, et je laisse une main guider sa bouche plus près, et mon autre main se promène dans la veste de costume qu'elle porte, entre ses cuisses.

— Tu es mouillée, chuchoté-je, en sentant qu'elle enduit mes doigts. C'est à cause de la danse ou pour moi ? lui demandé-je.

Elle rougit et regarde mes lèvres alors que je la surplombe.

— Toi, ses mots sont doux et sexy.

Ils causent ma perte.

Je repousse sa culotte, caressant ses lèvres, et elle enfouit son visage dans mon cou. Le gémissement est divin et fort. Dieu merci, la musique est forte en bas, sinon quelqu'un aurait sans doute entendu son cri, même avec les murs presque insonorisés.

Je couvre ses lèvres, écartant mon manteau de son corps, et je déchire la culotte étincelante qui couvre à peine les lèvres de sa chatte. Je veux lécher, sucer et goûter sa chaleur, mais ça peut attendre. Pour l'instant, le besoin de la baiser est écrasant.

Lucy est une participante enthousiaste et écarte les jambes pour moi, me laissant entrevoir sa chatte luisante pendant que je taquine ses lèvres et tourne autour de son clitoris. Elle halète et se déhanche, incapable de rester immobile. Cette fille mériterait d'être attachée et baisée.

Ses doigts tirent sur ma ceinture, essayant de desserrer la boucle, mais elle est pratiquement impuissante alors que je la caresse sans relâche, la rendant folle.

— Tu veux que je te baise comme une bonne fille ? lui demandé-je.

Ses paupières lourdes s'ouvrent, et elle hoche la tête, à bout de souffle.

— Oui, s'il te plaît.

Je ne suis pas prêt à céder à l'un ou l'autre de nos besoins. Je veux qu'elle soit prête à me recevoir quand je la pénétrerai. Je desserre la boucle de ma ceinture et laisse tomber mon pantalon. Enlevant mon pantalon, je glisse deux doigts à l'intérieur de son intimité. Elle se tend, et ses hanches bougent à l'unisson.

— Tu ne peux pas encore jouir, ordonné-je.

Lucy gémit en protestation.

— Pas avant que je te baise avec ma bite, dis-je.

— S'il te plaît, s'il te plaît, baise-moi.

Elle est agitée et éraillée. Sa voix est pleine de besoin, et son corps répond de la même manière. Un magnifique rougissement couvre sa poitrine, ses joues, jusqu'à sa chatte gonflée et luisante.

Elle sent incroyablement bon, comme le sexe. Je veux la goûter, la toucher, la baiser.

Ma bite palpite, et je veux la remplir et m'enfoncer dans son petit trou serré, en l'écoutant me supplier de la laisser jouir.

Tout ce qui nous entoure disparaît. Le monde cesse d'exister tandis que le plaisir nous consume tous les deux. Je me penche, repoussant le triangle pailleté, prenant son téton dans ma bouche avant de plonger ma bite en elle.

Ses ongles s'enfoncent dans mon épaule, me marquant. Est-ce qu'elle me revendique comme sien ?

Elle est la seule que je veux. Aucun autre homme ne la touchera plus jamais. J'ai l'intention de la faire mienne pour toujours.

Je la baise, en écoutant ses doux gémissements et ses halètements. Les seuls sons qui arrivent à mes oreilles sont les siens alors qu'elle se contracte et est prise de spasmes autour de moi.

Lucy est si bonne, si serrée et chaude. Ses tremblements me rapprochent de la limite.

— Putain, marmonné-je, en faisant de mon mieux pour tenir un peu plus longtemps.

Je ne veux pas que ça se termine, et elle mérite la meilleure baise de sa vie.

— Jouis avec moi, chuchote Lucy à mon oreille, et mon érection palpite, je suis presque prêt à exploser à ses mots.

C'est comme un feu d'artifice, un crescendo qui explose et éclate au plus fort de l'apogée.

Sauf que ce n'est pas juste un feu d'artifice.

Ce sont des coups de feu.

Il y a des coups de feu et des cris. Le miroir sans tain est criblé du jet de balles et de cris provenant d'en bas, le verre se fissurant et se brisant.

Je protège Lucy avec mon corps, la protégeant de l'assaut des tirs, du verre et des éclats pulvérisant le bureau, la tirant vers le sol pour la protéger.

— Qu'est-ce qui se passe ? Sa voix tremble, et je lui donne ma veste à porter alors qu'elle est accroupie sous mon bureau.

Je remonte mon pantalon alors que la mafia fait irruption par la porte du bureau, les armes pointées dans notre direction.

— Vous venez avec nous, crie Otello.

Son accent italien est épais et dur et il fait signe à ses hommes de nous attraper, Lucy et moi.

Ils me mettent un sac en tissu noir sur la tête, ce qui m'empêche de voir quoi que ce soit, tandis que mes bras sont placés derrière mon dos et attachés avec des menottes en métal.

— Ne t'avise pas de la toucher, crié-je à Otello. Je vais te tuer !

Il rit, pas du tout effrayé par ma menace.

Je suis traîné dans les escaliers. Je suppose que Lucy est juste derrière moi, mais je ne vois rien du tout avec l'épais sac noir sur ma tête. Je reconnais la direction que nous prenons, la porte de derrière. La musique retentit toujours dans les enceintes, mais la zone a été vidée. Y a-t-il des cadavres qui jonchent le sol ? Je trébuche contre quelque chose dans l'obscurité.

Combien de personnes ont-ils tué pour attirer mon attention ?

Nous sommes poussés dehors. La chaussée est irrégulière, avec des graviers grossiers. L'un des hommes ouvre d'un coup sec la porte d'un véhicule et je suis poussé à l'intérieur. Je suis à l'arrière d'une camionnette, le plancher métallique à mes pieds. J'essaie de me redresser et j'entends Lucy qui se débat contre les hommes, luttant pour sa liberté. Ça ne marche pas. Il y a trop d'hommes.

Un moment plus tard, elle est enfermée à l'arrière avec moi.

— Nikita ? sa voix tremble et j'expire un souffle, faisant de mon mieux pour rester calme.

— Oui, dis-je en expirant lourdement. Reste calme. Je vais nous sortir de cette situation.

— Comment ? couine Lucy.

Il y a de la peur dans sa voix, sa respiration, et le léger cliquetis des menottes alors qu'elle tremble.

— Essaie juste de respirer, lui dis-je.

Elle doit garder son énergie pour le moment où nous devrons nous battre. Et sans aucun doute, nous devrons nous battre pour survivre. La mafia ne va pas nous laisser partir comme ça.

— Tu as un plan ? Sa voix tremble, et elle expire un gros soupir en tentant de calmer sa respiration.

Un plan ? Pourquoi pas ne pas se faire tuer ? Je ne fais pas la blague à voix haute. Je doute qu'elle la trouve particulièrement drôle alors que nous sommes attachés à l'arrière de la camionnette de la mafia. Je me penche en avant et j'enlève le sac de ma tête pour voir à quoi nous avons affaire.

La camionnette est faiblement éclairée, et il y a une fenêtre sale à l'arrière. Le sol est en métal. Il n'y a rien d'autre que nous deux à l'arrière, rien qui puisse servir d'arme.

Je me déplace et, les mains derrière le dos, je réussis à arracher le sac en tissu qui couvre la tête de Lucy.

— Merci, dit-elle en me regardant. Est-ce qu'il y a une chance que tu saches comment crocheter une serrure ?

Je jette un coup d'œil à la fenêtre sale, la lumière du soleil se reflétant à travers le petit espace tandis que j'essaie de comprendre où nous sommes. Nous n'avons pas beaucoup voyagé. Où nous emmènent-ils ?

— On peut sauter ? demande Lucy.

Elle est courageuse.

— On va trop vite, dis-je en nous voyant nous engager sur l'autoroute. Mon téléphone est toujours dans la poche de mon manteau ? demandé-je.

Lucy a ma veste enroulée autour de son corps.

— Mes mains sont un peu attachées en ce moment.

— C'est pas vrai ? Je m'approche d'elle, essayant de garder l'équilibre alors que le véhicule tourne sans ménagement.

Le conducteur change de voie, double un autre véhicule et m'envoie droit sur Lucy.

Elle est à plat sur le dos, et je suis allongé sur elle. Je m'excuserais bien, mais je ne suis pas désolé de la position, juste du fait que nous soyons dans cette situation, qui n'est pas du tout de ma faute. Je n'ai pas amené la mafia au club.

Où est passé Anton ? Il est mort ? Je n'ai pu voir personne avec ce foutu sac sur ma tête. Ils auraient dû me tuer parce que quand j'aurai fini, ils seront tous morts, sans exception.

— Nikita, s'il te plaît dis-moi que c'est une arme dans ta poche.

Il y a un léger sourire sur son visage.

— Tu plaisantes à un moment pareil ?

Je suis choqué qu'elle puisse trouver un peu de lumière dans une situation aussi sombre.

Je descends de son corps, ce qui n'est pas une mince affaire avec mes mains attachées dans mon dos. Je m'agenouille à côté d'elle lorsqu'elle s'assoit, bougeant pour appuyer son dos contre la paroi du véhicule. Le panneau cliquette lorsqu'elle le frappe avec ses menottes métalliques.

Le raclement du métal contre le métal est désagréable.

— Tu penses que je peux les faire sauter ?

— Non, réponds-je. Elles ne s'enlèveront pas sans un crochetage ou une clé. (Frapper ses poignets contre les panneaux de métal ne fera que la blesser.) Ne gaspille pas ton énergie.

— Je ne peux pas rester assise ici et attendre qu'ils nous tuent, dit Lucy.

Elle est frénétique, et je ne la blâme pas. Ce n'est pas n'importe qui qui nous a enlevés sous la menace d'une arme. C'est la mafia.

S'il y a une chance qu'Anton se soit enfui, peut-être qu'il a appelé Mikhail pour avoir des renforts ?

— J'ai besoin de mon téléphone, dis-je en lui rappelant qu'elle a mon appareil dans la poche de mon manteau.

— Vas-y, dit-elle, en me fixant du regard.

Elle se lèche les lèvres, et alors que je ne devrais pas être excité en ce moment, Lucy semble toujours me perturber et m'exciter. Que ce soit intentionnel ou non.

Dos à elle, j'utilise mes mains liées pour ouvrir la veste qu'elle porte. Mes doigts effleurent sa peau nue, et elle respire bruyamment. Je n'essaie pas de la séduire, mais je ne peux rien voir avec mon dos à elle, et mes doigts effleurent sa peau souple alors que je cherche la poche de mon manteau.

— Tu es un peu trop bas, dit-elle dans mon oreille, plus haut.

Elle me donne des instructions, et je suis convaincu que si c'était sexuel, elle aurait tué mon ego avec son fiasco de haut, en bas, à gauche et à droite, alors qu'elle finit par me guider vers la poche intérieure de ma veste.

J'ai l'impression qu'elle a apprécié ça un peu trop. Je tripote mon téléphone, puis j'abandonne, choisissant plutôt d'appeler Mikhail par la voix pour obtenir de l'aide.

— Tu n'aurais pas pu commencer par demander de l'aide à Siri ? dit Lucy en plaisantant.

— Pas drôle, marmonné-je. Mais ça n'a pas d'importance car l'appel ne passe pas pour une raison quelconque. Ils doivent brouiller le signal.

— Comment ? On est en mouvement.

— Il pourrait y avoir une sorte de brouilleur dans la camionnette. Je ne vois rien à l'arrière avec nous, mais ça pourrait être à l'avant ou attaché à l'extérieur.

La camionnette sort de l'autoroute, et le conducteur ne ralentit pas dans le virage jusqu'à ce qu'il doive freiner brusquement.

Un feu de circulation ?

Je m'approche de la vitre arrière, regardant le paysage et essayant de repérer notre position. Le van avance d'un coup sec, et nous sommes de nouveau en route. Mais cette fois, nous nous dirigeons hors de la route, le long d'une voie ferrée.

J'ai l'estomac retourné en regardant par la fenêtre.

— Lève-toi, ordonné-je à Lucy, et elle se lève péniblement.

Où diable nous emmènent-ils ?

Nous sommes toujours sur les rails du chemin de fer. Notre vitesse semble avancer au même rythme lorsque nous entendons le bruit d'une porte qui claque.

Le conducteur vient-il de partir ?

Était-ce Otello ou un autre des hommes de main d'Antonio ?

Un autre véhicule, un 4x4 noir, attend perpendiculairement à nous alors que nous les dépassons sur la voie ferrée.

Putain.

— On doit ouvrir la porte.

Je me retourne, dos à la porte de la voiture, mais elle est fermée. Je ne m'attendais pas à ce que ce soit facile. La mafia ne va pas nous laisser partir comme ça. Pas si ça dépend d'eux.

Je saisis la poignée de la porte avec mes poignets menottés, mais elle ne bouge pas. Il n'y a pas de sécurité enfant sur la porte arrière d'une camionnette, mais la mafia a dû faire quelque chose pour que la porte soit verrouillée de l'intérieur.

Je me retourne et fonce de tout mon poids, l'épaule la première, dans le but de briser la vitre. La fenêtre ne se brise pas au premier coup, mais elle éclate au troisième.

— Il faut que tu sortes de là, dis-je à Lucy.

— Je ne peux pas passer par là !

Le sifflet d'un train retentit, et la voix de Lucy monte d'un octave.

— Nikita, est-ce que c'est ce que je pense que c'est ?

— Il y a un train qui se dirige droit vers nous.

Elle sent l'urgence et le danger aussi. Je ne peux pas voir la direction dans laquelle on se dirige, mais je suis sûr que le train arrive de face. Il n'y a qu'une seule voie ferrée.

Il n'y a qu'une seule autre option. On passe la barrière jusqu'au siège conducteur et on fait sortir le véhicule des rails.

— On doit atteindre le siège conducteur. Dès qu'on y est, je te veux sur mes genoux. Tu vas conduire pendant que je suis tes yeux.

Elle reste bouche bée alors que je pars aussi vite que possible et que j'écrase mon épaule et mon corps contre la cloison qui sépare la camionnette de l'arrière. Il y a une bonne bosse et un filet de lumière. Le métal est souple et n'a rien à voir avec la porte blindée. J'ignore la douleur cuisante et la blessure brûlante à mon épaule et je répète le mouvement et, cette fois-ci, j'atteins le siège du conducteur.

La cabine est vide.

Non pas que je m'attendais à ce qu'Antonio ou un de ses hommes reste dans le coin. Ils ont sauté pendant que les occasions ne manquaient pas et sont partis dans le 4x4 noir, ne voulant pas être tenus responsables de notre mort ou du désastre imminent.

La voiture est en mode régulateur de vitesse et je grimpe sur le siège conducteur, les mains derrière le dos. Si j'appuie sur les pédales de frein, ce ne sera pas suffisant. Le train se rapproche. Le klaxon nous demande de nous pousser du chemin.

Sans blague.

Lucy est prête et ne perd pas une seconde en chevauchant mes genoux, ses mains effleurant le volant. Il y a un mur de chaque côté de la brique.

— Tourne à gauche, dis-je alors que nous quittons les rails et empruntons le chemin étroit entre le mur de soutènement et le train qui passe à toute allure.

Je freine, le rétroviseur côté passager se cogne contre le mur de briques.

Elle halète, sa poitrine se soulève alors qu'elle se balance par inadvertance contre mes cuisses.

— C'est fini ?

Je regarde dans le rétroviseur. Au loin, le 4x4 noir se rapproche, se dirigeant vers nous.

— J'aimerais que ce soit le cas, *Malish*, dis-je. Tu dois juste essayer de conduire le plus droit possible.

J'appuie sur l'accélérateur, faisant avancer la camionnette.

— Un peu à droite, dis-je en lui donnant des indications, en essayant de traverser le chemin étroit entre le train et le mur.

Alors que le train passe devant nous, j'appuie plus fort sur l'accélérateur et la mafia commence à se rapprocher de nous.

— Ils se rapprochent ! Lucy n'est pas la seule à s'inquiéter, non pas que j'exprime mes craintes à elle ou à quiconque d'autre.

— C'est bon. On gère, dis-je, en essayant de la rassurer. Un peu à gauche, navigué-je en lui indiquant comment se diriger pendant que nous roulons le long des rails jusqu'à ce que nous atteignions une rupture dans le mur et une route ouverte. A droite toute, dis-je en sortant des rails.

Il y a des dizaines de voies ferrées devant et un autre mur, celui-ci beaucoup plus haut que le dernier au bout de la route.

Merde.

La gare de triage.

Sortir et courir n'est pas une option. On ne peut pas distancer la mafia avec les mains attachées dans le dos.

— Lucy, j'ai besoin que tu fasses tourner le volant à fond.

— Quoi ? Je jurerais que je peux sentir son cœur battre contre le mien alors qu'elle tremble sur mes genoux.

— On doit faire demi-tour, dis-je. C'est un piège mortel. Si on reste ici, on est morts. Soit la mafia nous tue, soit un autre train percute le véhicule.

Elle respire bruyamment et inspire brusquement.

— Quand ?

Je lui laisse une seconde, le temps d'être sûr qu'on est prêts, et en appuyant sur les freins, je crie.

— Maintenant !

Elle tourne le volant, le passant entre ses mains, et je manipule le frein et l'accélérateur pendant que nous tournons sur nous-mêmes. Nous formons une bonne équipe, même si notre conduite est approximative. Que peut-on attendre de deux personnes menottées ?

— Un peu à droite, lui dis-je en la guidant alors que nous passons à toute vitesse devant le 4x4 noir qui nous poursuit.

Mon pied est lourd comme du plomb, j'appuie sur l'accélérateur alors que nous franchissons rapidement des dizaines de voies ferrées, dont une avec un train qui vient vers nous.

J'expire un souffle nerveux, j'appuie sur l'accélérateur et nous passons avant que le train ne passe sur les rails. Nous manquons de peu de nous faire écraser.

Elle halète, et à chaque respiration, sa poitrine se soulève - Lucy tremble contre moi. Je ne relâche pas l'accélérateur, mais le train a empêché les hommes d'Antonio de nous poursuivre en jetant un rapide coup d'œil dans le rétroviseur. Il nous a fait gagner du temps. C'est plus que ce que j'aurais pu espérer, étant donné les circonstances.

— Et maintenant ? me demande-t-elle en me fixant. On doit prévenir ton chef de Bratva. Ne vont-ils pas s'en prendre à mon fils ?

Nous ne pouvons pas passer d'appels à l'intérieur de la camionnette, et j'attends que nous ayons réussi à semer les hommes qui nous poursuivent et que nous soyons de retour en ville dans un vieux quartier de hangars abandonnés pour ralentir le moteur jusqu'à ce que nous nous arrêtions.

— On s'arrête ?

— C'est exact. Je dois appeler Mikhail, et on doit enlever les menottes.

— Des idées ? demande-t-elle.

— Ouvre la porte, dis-je.

Elle bouge ses hanches et laisse ses mains trouver la poignée de la porte, tirant dessus.

Je laisse mon pied frapper la porte jusqu'à ce qu'elle soit ouverte. Je suis en alerte. L'adrénaline monte en moi tandis que je m'assure que nous ne sommes pas suivis ou surveillés. Il y a peut-être un traceur sur la camionnette, et si c'est le cas, nous n'avons que quelques minutes d'avance.

— Descends, ordonné-je, et elle prend un moment pour se dégager de mes genoux et descendre sur le trottoir. Va à la porte passager et ouvre la boîte à gants.

J'ai besoin de ses mains, et je serai ses yeux.

Avec un peu de chance, il y a un outil ou une arme que je peux utiliser pour me débarrasser de ces foutues menottes.

Lucy fait le tour de la camionnette et, dos à la porte, tire sur la poignée et l'ouvre.

— Je serai heureuse de me débarrasser de ces menottes, dit-elle.

Lucy est exaspérée. Ça doit être à cause de la poursuite en voiture et des efforts pour échapper à la mafia. Je ne la blâme pas. Je n'ai pas envie d'avoir à regarder par-dessus mon épaule et à m'inquiéter de la possibilité d'une embuscade.

Elle réussit à ouvrir la boîte à gants.

— Quelque chose ? me demande-t-elle en se retournant pour voir le contenu.

— Prends le couteau, dis-je.

C'est plus un Leatherman avec plusieurs outils. L'un d'eux devrait m'aider à briser les menottes, même si je dois couper les liens pour séparer mes mains.

Elle fait rapidement le tour de la camionnette et me le tend de derrière son dos. Je me déplace et me tourne pour attraper l'outil.

— Tu crois que ça va marcher ? me demande-t-elle.

Sans aucun doute, si nous ne faisons rien, nous sommes foutus.

— Je ne vois pas beaucoup de choix ou d'autres options.

Je tripote l'outil, essayant plusieurs options différentes avant de crocheter la serrure avec la pointe d'un couteau.

Le métal tombe sur le sol, et je pousse un soupir de soulagement.

— A moi, dit Lucy.

J'esquisse un sourire. Oui, j'aimerais faire plus que simplement crocheter la serrure de ses menottes.

Mais n'est-ce pas ce qui nous a mis dans ce pétrin ? Je n'ai pas fait attention au club et la mafia a tiré dans le tas.

— Tourne-toi, ordonné-je, et elle me tourne le dos.

Je l'attrape par les bras, je la rapproche et j'inspecte ses menottes pendant que je tripote la pointe du couteau, l'enfonçant dans le trou de la serrure jusqu'à ce que j'obtienne une pression suffisante pour que le loquet se libère.

— Merci, murmure Lucy en se retournant.

Elle se frotte les poignets, le métal pend et tombe sur le sol.

— On doit retourner à la propriété, dis-je. (Il y a un petit appareil attaché sur le toit, et j'arrache la foutue boîte noire et la jette au sol.) Remonte dans la camionnette.

— C'était un traceur ? demande Lucy.

Je claque la porte côté conducteur, et elle se dépêche de retourner du côté passager et de grimper à l'intérieur.

Dès que la porte se ferme, j'appuie sur l'accélérateur et nous propulse vers notre destination.

— C'est probablement un brouilleur.

J'essaie à nouveau mon téléphone, cette fois-ci je réussis à joindre Mikhail. Je laisse l'appel sur haut-parleur pendant que je conduis.

— Où es-tu, putain ? demande-t-il, en répondant au téléphone et en reconnaissant mon numéro.

— Près de la gare de triage.

C'est l'estimation la plus proche que je puisse donner. Je me faufile à travers les routes secondaires et nous ramène sur l'autoroute. Il n'y a aucun signe des hommes d'Antonio après nous, mais je ne peux pas être certain qu'ils ont fini et qu'ils nous laisseront tranquilles.

— Content que tu sois encore en vie. Et la fille ? demande Mikhail.

— Elle est avec moi, dis-je en jetant un regard à Lucy avant de reporter mon attention sur la route. Les hommes d'Antonio pourraient tenter d'infiltrer ou d'attaquer le domaine. Il est peu probable qu'ils abandonnent, dis-je.

— On a Zion ici, en sécurité. Mikhail est silencieux pendant un moment avant de continuer. Tu devrais vraiment reconsidérer ton objectif.

Je m'éclaircis la gorge.

— Lequel ?

— Epouser la fille, dit Mikhail.

— Il a déjà demandé. J'ai refusé, dit Lucy.

Je jure que je peux voir le sourire en coin sur le visage de Mikhail.

— Eh bien, tu devrais y réfléchir. Tu ne tiens peut-être pas à la vie de Nikita ou à la tienne, mais ton fils ne devrait pas perdre sa mère à un si jeune âge. Qui s'occuperait de lui si tu mourrais ?

J'évite le regard brûlant de Lucy. Elle a toute son attention sur moi pendant qu'elle écoute Mikhail au téléphone. Il y a un silence sévère de sa part, et elle croise ses bras sur sa poitrine. La fille est aussi provocante que possible.

— Gardez Zion en sécurité. Nous rentrons à la maison.

Je raccroche, et Lucy se déplace mal à l'aise sur le siège avant. Elle est aussi mal à l'aise qu'elle l'était avec les menottes, mais c'est de sa faute cette fois.

— Je ne peux pas croire ce qu'il a suggéré, murmure Lucy.

Il y a de l'irritation dans sa voix ; elle est frustrée et en colère, et elle a le droit d'être en colère.

Mais pas contre moi. Ce n'était pas ma faute, et même si j'ai pu être négligent au bureau, je n'ai pas envoyé la mafia après Lucy.

— On essaie tous de te protéger, dis-je.

— Je me fiche de ce qui m'arrive. Je me soucie de Zion.

Elle s'inquiète pour son fils et à juste titre. La mafia ne s'arrêtera pas tant qu'elle n'aura pas ce qu'elle veut. Je ne suis juste pas sûr de ce qu'ils veulent. Alors que j'avais pensé que c'était la clé USB et les certificats d'actions, Lucy n'a pas ces objets, et elle ne va pas mettre la main dessus pour les remettre à Antonio ou Aleksandra.

— Y a-t-il quelque chose que tu ne me dis pas ? (Je lui jette un regard en tentant de me concentrer sur la route.) Le tableau, il ne s'agit plus seulement ce qu'il y avait dedans.

Si c'était le cas, ils seraient après Mikhail et la Bratva, et ils auraient abandonné Lucy et sa famille. Ils sont déterminés à la tuer, ce qui signifie qu'il y a quelque chose de plus sinistre.

Les mafieux sont des tueurs, mais ils recherchent généralement la vengeance et le châtiment. Ils ne sont pas aussi féroces et impitoyables que nous, la Bratva. Nous nous baignons plus facilement dans le sang que la mafia. On ne dirait pas que c'est toute l'histoire. Il y a quelque chose que Lucy me cache.

— Non, murmure-t-elle en regardant par la fenêtre.

Elle ronge sa lèvre inférieure entre ses dents.

J'arrêterais la camionnette si je n'avais pas peur que la mafia nous rattrape. Même s'ils ne nous suivent pas, ils doivent être sur le chemin du domaine. Ils ne sont pas près de nous laisser vivre, pas après l'épisode du train.

— Ne me mens pas, grogné-je en lançant un regard dans sa direction.

Elle prend une grande inspiration.

— Tu m'as demandé à propos de mon fils, son père.

Je jure que si le père est Antonio, je le tuerai moi-même.

— Oui, dis-je, en la laissant finir ce qu'elle a l'intention de me dire.

— Zion est un bébé issu d'un don de sperme, dit Lucy. C'est censé rester confidentiel. Le père biologique n'est même pas censé savoir qu'il a un enfant ou avoir des droits sur lui, mais il l'a découvert.

— Et il est de la mafia ?

— Il veut la garde complète de Zion et me veut morte.

— C'est de la folie. Je sors de l'autoroute et nous nous dirigeons vers la ville. La circulation est lente. Peu importe l'heure. Qui est le père biologique ?

J'ai besoin de savoir à quoi on a affaire.

— Otello Valentino, dit Lucy. Tu le connais ?

— Ce type est un putain d'ivrogne. Et il veut élever un enfant ? (Je claque ma paume contre le volant.) Il n'y a pas moyen que ce type s'approche de ton fils.

— Il s'est pointé au motel la nuit où j'ai volé ta clé avant d'escalader le portail, dit Lucy.

Je serre les mains en poings, et mon estomac se noue.

— Et ? (Je ne suis pas sûr de vouloir savoir ce qui s'est passé ensuite.) S'il t'a touché, je le tue.

— Il ne l'a pas fait, dit Lucy. Je veux dire, pas comme ça. Il m'a menacée et m'a dit que si je ne volais pas les objets cachés dans le tableau, il prendrait possession de mon enfant comme s'il s'agissait d'une propriété !

Je parcours la route, empruntant des rues secondaires pour éviter la circulation sur l'artère principale.

— Et ?

— Et c'est un connard ! (Lucy réagit avec plus de force que je ne l'aurais imaginé.) Je veux le tuer à mains nues.

Elle n'est pas la seule. J'ai envie de le tuer aussi.

— Et Aleksandra et Antonio ? lui demandé-je.

J'ai besoin de savoir jusqu'où ça peut aller avec la mafia. Otello ne travaillait clairement pas seul. Étaient-ils au courant du lien avec l'enfant ?

— Tout ce que je t'ai dit est la vérité. J'ai croisé leur chemin par accident quand j'ai essayé d'être une bonne Samaritaine, murmure-t-elle tout bas. La mafia a exigé que je vole le contenu du tableau. Ils ne pouvaient pas mettre un pied dans votre propriété sans rompre la trêve, mais un étranger le pouvait.

— Et Otello ? demandé-je. Comment fait-il partie de ce scénario ?

— Aleksandra et Antonio voulaient le contenu du tableau, mais c'était le plan d'Otello. Il les a convaincus de m'envoyer dans les bras de la Bratva. D'abord, il m'a fait tomber sur toi au club, voler ta clé et m'introduire chez toi. Il espérait que je serais attrapée et que tu me tuerais. Tu t'occuperais de son petit problème. Tu me tuerais, et Zion serait à lui.

Je veux tuer ce bâtard.

— Eh bien, il s'est lourdement trompé, dis-je. Ce n'était pas une question d'argent, du moins pour Otello. Antonio et Aleksandra ont accepté pour les bénéfices. On doit rejoindre la propriété. Il n'y a qu'une seule façon de se sortir de ce pétrin, dis-je.

— Et c'est quoi ?

— Épouse-moi.

ONZE

Lucy

— En quoi t'épouser m'aiderait-il ?

Je ne comprends toujours pas pourquoi il est si désireux de passer le reste de sa vie avec moi. À moins qu'il ne s'attende pas à ce que ce soit pour longtemps.

On s'arrête devant le portail, et le garde de service nous fait ouvrir les portes. Le garde ouvre les portes, et satisfait que nous ne soyons que tous les deux, il nous accorde l'entrée à l'intérieur.

Nikita n'a pas répondu à ma question. Il gare la camionnette devant, sans se soucier de cacher le véhicule. Je suppose que la mafia sait que c'est ici que vit la Bratva.

En sortant du côté passager, je suis Nikita à l'intérieur par l'entrée principale. Je veux voir mon fils. J'ai besoin de savoir que Zion est en sécurité. Il me conduit à l'étage dans la salle de jeux, où Madisyn et Hannah sont assises sur un canapé contre le mur. Les enfants jouent, inconscients du danger juste à l'extérieur des murs du bâtiment.

Zion est en sécurité.

Je pousse un soupir que je retenais sans m'en rendre compte quand il se précipite dans mes bras, me serrant comme si sa vie en dépendait.

— Comment s'est passé ton jeu ? demandé-je en me penchant et en le prenant dans mes bras.

Il est grand, presque trop grand pour que je le porte, mais il aime toujours ça, et là, je veux savoir qu'il est en sécurité.

Le voir n'est pas suffisant. C'est mon enfant. Je dois le protéger.

— Amusant, dit Zion. On a mangé des sandwichs glacés !

— Oh, vraiment ? Je ris devant son grand sourire.

Il doit encore être sous l'emprise du sucre. Il s'échappe de mon étreinte en se tortillant, et je remets ses pieds fermement sur le sol.

— J'espère que ça ne te dérange pas qu'on lui ait donné de la glace, dit Hannah. Je voulais un goûter, et il a vu ce que je mangeais.

— C'est bon. Merci à vous deux de l'avoir surveillé.

Je marche en titubant, tombant sur le canapé en vrac, assise à côté des deux jeunes femmes. Elles ont l'air d'avoir tout sous contrôle. Moi ? Je suis une vraie épave.

Vais-je épouser Nikita ?

Je dois garder Zion en sécurité, et je ne vois pas d'autre plan qui puisse fonctionner. J'espère que la mafia nous laissera tranquilles une fois que je ferai partie de la Bratva.

— A la première heure demain, on ira au palais de justice et on se mariera.

— Il n'y a pas de période d'attente ? demandé-je. Ce n'est pas que je ne veux pas me marier avec Nikita. Je ne suis juste pas sûre que ce soit un aussi bon plan qu'il le pense.

— Oui, mais c'est seulement vingt-quatre heures, et le juge est prêt à renoncer à la période d'attente.

— Tu connais le juge ?

Je ne devrais pas être surprise, vu la profondeur et la portée que la Bratva a sur la ville, mais c'est quand même un choc.

— Qui ne connaissons-nous pas ? dit Nikita avec un sourire en coin. (Il me regarde de haut en bas.) Mais on doit rendre ce mariage convaincant, comme si on était follement amoureux.

Je ne suis pas une grande actrice, mais je doute que ce soit très difficile de prétendre que j'aime Nikita. Il est beau, et rien que d'imaginer que je vais pouvoir coucher avec lui et voir ce qu'il y a sous ses vêtements me fait sourire.

— Je ferai de mon mieux.

Bien que, nous n'ayons pas encore discuté des arrangements pour dormir, sans parler des autres facteurs.

S'attendra-t-il à ce que je dorme avec lui une fois qu'on sera mariés ? Je serre les lèvres mais ne pose pas ma question, pas devant Hannah et Madisyn, et encore moins devant mon fils. Certaines choses doivent être discutées en privé.

— Attendez, vous allez vous marier ? La mâchoire d'Hannah se décroche comme elle essaie de comprendre notre discussion.

Nikita hoche fermement la tête.

— Elle est en danger tant qu'elle ne fait pas partie de la Bratva. Les Italiens ne reculent pas.

— Et tu as essayé d'organiser une rencontre avec les Italiens ? demande Madisyn.

Elle passe son regard de Nikita à moi. Ses sourcils sont froncés, et sa lèvre inférieure fait la moue.

Soit Madisyn ne m'aime pas, soit elle ne veut pas que je rejoigne la famille. Je ne comprends pas bien ce qu'elle ressent, mais elle ne m'accueille pas à bras ouverts dans la famille.

— Otello est le géniteur de l'enfant.

Nikita fait un signe de tête vers Zion.

J'apprécie sa discrétion. Ce n'est pas une conversation que je veux avoir devant Zion.

— Qu'est-ce que ça veut dire ? demande Zion.

Rien n'échappe à mon fils. Je lui frotte le dos et lui fais signe de jouer avec Kira et Bay.

— Je t'expliquerai quand tu seras plus grand.

Zion lève les yeux au ciel et pousse un soupir en rejoignant les filles pour jouer avec leurs jouets.

— Je jurerais que cet enfant est déjà un adolescent. Je ne suis pas sûre d'être prête quand ces années arriveront.

Nikita essaie de cacher un sourire sur son visage. Il se racle la gorge, et son air de dur à cuire revient, le sourire disparu.

— Jusqu'à ce qu'Otello soit mort, Lucy et sa famille sont sous notre protection.

— Tu as l'intention de le tuer ? lui demandé-je, et ma voix se bloque dans ma gorge.

Je ne voulais pas que cet homme soit exécuté, mais je veux qu'il nous laisse tranquilles.

Est-ce ce qu'il faudra pour que je me sente en sécurité ?

Je ne suis pas une meurtrière, et je n'ai pas l'intention d'en épouser un non plus.

— Tu ne peux pas le tuer, dis-je avant que Nikita ait le temps de répondre.

— Je n'en aurai pas besoin si nous sommes mariés, dit Nikita. Antonio respecte la trêve entre nos familles ennemies. Une fois que tu feras partie de la Bratva, tu seras protégée.

— Et ma dette envers les Italiens ? demandé-je. Je leur appartiens.

— Plus maintenant. (Nikita s'avance vers moi, réduisant l'écart entre nous. Sa main se lève, poussant une mèche de cheveux derrière mon oreille.) Les Italiens ne te toucheront plus jamais. Tu travailleras pour nous, et ils savent qu'il vaut mieux ne pas commencer une guerre avec la Bratva.

— Travailler pour vous au club ? demandé-je.

Est-ce que le club est toujours là après la fusillade ? Et puis, ça ne s'était pas bien passé quand son employé avait insisté pour que je danse. Je n'avais jamais vu le côté jaloux et possessif de Nikita avant. Oserais-je dire que j'ai aimé quand son attention était sur moi.

C'est à ça que ressemblera mon mariage avec lui ?

Nikita me regarde puis les filles.

— Ma fiancée a besoin d'une robe pour demain. Qu'est-ce que vous avez les filles qu'elle pourrait emprunter ?

Je prends la main de Nikita alors que nous entrons dans le palais de justice. Je suis terrifiée, c'est le moins qu'on puisse dire. Mes mains tremblent, et j'essaie de ne pas m'évanouir à cause de la robe blanche en dentelle qui était dans le placard de Madisyn.

Bien que ce ne soit pas une robe de mariée, elle est tout à fait passable.

Le juge et Nikita parlent librement, tous deux se connaissant bien, alors que nous entrons dans la salle d'audience.

— Nikita ! dit le juge. Es-tu sûr que tu n'es pas dans la mauvaise salle d'audience ?

Sa blague me brûle, et je serre la main de Nikita. Je ne fais pas ça par amour ou par obligation. C'est strictement par désir de protéger ma famille.

Mais est-ce le seul désir que je ressens pour Nikita ? Il a été gentil et généreux et a tout fait pour que mon fils soit en sécurité. Il m'a suivi jusqu'à Chicago pour me protéger. Je ne peux pas imaginer quelqu'un d'autre faire ça, se soucier autant de moi.

Peut-être que d'une manière étrange, c'est de l'amour.

Je n'ai jamais été amoureuse, pas du genre romantique. J'ai eu ma part de petits amis et d'amours minables, mais je n'ai jamais été folle d'un homme. Je ne pense pas que je fonctionne de cette façon. Ce n'est pas comme ça que je tombe amoureuse.

D'ailleurs, n'est-ce pas de la luxure ? C'est peut-être mieux que je ne ressente pas le besoin constant de baiser l'homme que je vais épouser. Ça nous permettra de rester sains d'esprit, de communiquer, et peut-être même d'empêcher ce mariage stupide de devenir quelque chose qu'il ne devrait pas.

Mais qui suis-je pour dire ce qu'il devrait ou ne devrait pas devenir ?

Nikita passe un bras autour de ma taille et me tire plus près de lui. Est-ce pour la forme ? Ou veut-il tout ça, m'épouser et passer le reste de sa vie avec moi ?

— Votre Honneur, ce serait un privilège d'épouser ma fiancée, Lucy Quinn.

— Et vous souhaitez épouser cet homme, Nikita Krylova ? demande le juge, son attention sur moi.

Pense-t-il que je suis peut-être sous la contrainte ? Il me fixe, attendant ma réponse.

— Je le veux, Votre Honneur, dis-je avec plus de conviction que je ne ressens.

Satisfait de ma réponse, le juge lève la période d'attente de vingt-quatre heures et nous fait échanger nos vœux. Nous sommes mariés dans le palais de justice. Ce n'est pas très romantique, mais notre relation ne l'est pas non plus. Et ça me convient.

Luka attend à l'extérieur du palais de justice, proposant de nous ramener à la maison.

— Félicitations, dit-il, mais il y a un soupçon de quelque chose d'autre dans son regard.

De la jalousie ?

De la colère ?

Nikita sourit, et soit il ne le remarque pas, soit il ne laisse pas ça le déranger. Il tape Luka dans le dos avec sa main droite tout en tenant ma main gauche, me gardant près de lui.

— Tu ferais mieux de faire ta demande. Hannah ne va pas attendre éternellement.

Luka grogne, et sa lèvre supérieure se retrousse.

— J'ai essayé, mais vous semblez me voler la vedette.

Je me mords la lèvre inférieure, faisant de mon mieux pour ne pas être amusée par son emportement. Cet homme pourrait mettre à terre n'importe quel assaillant. Il est grand, robuste, et beau, sans aucun doute. Mais le fait que nous soyons mariés avant lui semble lui faire perdre son caleçon.

— On pourrait t'aider avec ta demande en mariage, proposé-je.

Même si je ne connais pas grand-chose sur Hannah, il est clair qu'elle est follement amoureuse de Luka, et toute demande en mariage la rendrait probablement heureuse.

— Comme tu m'as aidé la dernière fois ? me lance Luka.

— Attention à ton ton, gronde Nikita. Tout ce qu'elle propose, c'est d'aider. Si tu n'es pas assez homme pour mettre un genou à terre...

Je ne veux pas qu'ils se battent pour quelque chose de si ridicule.

— Hé ! coupé-je Nikita. Ce n'est pas comme si tu t'étais mis à genoux pour me demander en mariage.

— C'est différent, dit Nikita, et ses yeux se crispent. De quel côté es-tu ?

— Mieux vaut ne pas contrarier mon mari, dis-je avec un sourire malicieux.

J'aime le fait que je puisse appeler Nikita mon mari.

Pourquoi ça ?

Le sentiment chaleureux qui grandit dans le creux de mon estomac ne devrait pas être là. Ce mariage est pour me protéger. N'est-ce pas ?

Nikita pose ses lèvres sur les miennes. Contrairement à ce qui s'est passé lorsque nous étions au palais de justice et que le juge nous a dit que nous pouvions nous embrasser, ce baiser était doux et chaste. Il n'y avait pas eu la passion brûlante derrière le baiser comme maintenant.

Mon corps se réchauffe alors que sa main est fermement plantée dans le bas de mon dos, m'inclinant légèrement alors qu'il pousse sa langue à l'intérieur de ma bouche.

Nikita est ferme, fort, mais pas nécessairement dans le mauvais sens. Je n'ai jamais vu un homme prendre le contrôle comme Nikita le fait avec moi. Il suscite quelque chose que je ne reconnais pas tout à fait en moi.

La passion.

Il a une façon de faire flamber le feu en moi, et juste au moment où mes jambes faiblissent et que j'ai envie de l'embrasser, de le serrer plus fort, et d'admettre que je pourrais aimer ça avec lui, Nikita recule.

— On devrait se mettre en route, dit-il.

J'ai le souffle coupé. Emportée dans l'instant, le monde est étourdissant, et c'est la seule chose que Nikita a à dire après m'avoir embrassée ?

Suis-je la seule à avoir ressenti quelque chose ?

Sa main est dans le bas de mon dos alors qu'il m'escorte jusqu'au 4x4 noir et ouvre la porte, m'aidant à monter à l'intérieur. J'attends qu'il ferme la porte, mais au lieu de cela, il me regarde avec un sourire malicieux.

— Décale-toi.

Luka s'installe sur le siège conducteur et démarre le moteur. Son attention et sa concentration sont sur la route tandis que Nikita semble enthousiaste à l'idée de me dévorer.

Non pas que ça me dérange. Au contraire, j'apprécie assez sa concentration ardente sur moi.

La main de Nikita est rêche et chaude quand il caresse ma mâchoire, incline ma tête, ses lèvres proches mais ne m'embrassant pas encore. C'est comme s'il examinait chaque centimètre de moi, ce que j'ai à lui offrir.

— Je vais te ravir ce soir, dit Nikita. Mais pas avant que tu ne te sois complètement donnée à moi.

Mon souffle se bloque dans ma gorge. Qu'est-ce qu'il veut dire par me donner à lui ? N'est-ce pas ce que j'ai fait en l'épousant ?

Nous arrivons à la maison, et même si j'ai envie d'explorer chaque centimètre du corps de Nikita, Zion est réveillé et va me chercher.

Je contourne Nikita et Luka, en jetant un coup d'œil à mon fils. Son rire émane de la salle à manger, et il a une énorme assiette de pain perdu et un grand verre de jus d'orange devant lui. Bay est assise en face de lui, et Hannah est en bout de table entre eux.

— Félicitations ! (Hannah affiche un sourire chaleureux, et s'il y a un soupçon de jalousie, je ne le vois pas. Elle est soit bonne à le cacher, soit heureuse pour nous.) Je veux voir la bague, dit-elle.

Je fais un pas de plus dans la pièce, lui montrant ma main gauche et l'alliance à diamant géant que Nikita a glissé sur mon doigt pendant la cérémonie.

— Et elle te va !

Elle est choquée.

— Elle est un peu grande, dis-je.

Et même si c'est à peine visible, je ne veux pas que la bague glisse et que je la perde. Je peux la faire ajuster. Le diamant a dû coûter une fortune.

— Eh bien, elle est magnifique, dit Hannah.

Il y a un vrai sourire sur son visage, et elle jette ses bras autour de moi, m'enlaçant. Je suis un peu surprise par sa chaleur et son geste amical.

— Bienvenue dans la famille, dit-elle à mon oreille. Maintenant, j'ai besoin de ton aide.

— Tout ce que tu veux, murmuré-je en reculant légèrement.

Nikita est dans le couloir avec Luka, ils discutent de quelque chose. Qu'il s'agisse des noces ou des affaires, je ne sais pas et je m'en fiche. Nikita sourit et hoche la tête quand je croise son regard. L'homme est magnifique dans son costume noir. Bien sûr, il porte toujours un costume sombre, mais quelque chose est saisissant chez lui aujourd'hui.

Peut-être que c'est le sourire sur son visage. Ce n'est pas quelque chose que je vois souvent chez lui depuis le peu de temps que je le connais.

— J'ai besoin que tu m'aides avec Luka.

— T'aider. Comment ? lui demandé-je.

Les choses semblent aller bien entre eux. D'après ce que je peux supposer, Luka veut faire sa demande et Hannah est heureuse avec lui. Qu'est-ce qu'elle pourrait bien vouloir de moi ?

— Je veux demander Luka en mariage, dit Hannah.

Je suis surprise et couvre mes lèvres avec ma main. Je dois avoir les yeux écarquillés parce que j'essaie de ne pas rire et de raccrocher ma mâchoire

— Quoi ? Hannah croise ses bras sur sa poitrine. Tu penses que je ne devrais pas le faire parce que ce n'est pas traditionnel ?

La fille me fait dire ce que je ne pense pas.

— Je pense qu'il t'aime et qu'il a l'intention de te demander en mariage. N'était-ce pas ce qu'il faisait quand je vous ai interrompu ?

Je ne suis peut-être pas là depuis longtemps, mais je peux voir les regards amoureux et les échanges de regards passionnés. C'est comme si tous les deux voulaient se dévorer l'un l'autre à chaque occasion possible.

Hannah serre les lèvres.

— Je devrais être en colère contre toi, dit-elle en jetant un coup d'œil aux deux hommes qui discutent dans le couloir. Mais je ne le suis pas.

Je sens que même si elle n'est pas furieuse, il y a peut-être une pointe de jalousie dans le fait que nous soyons passés à l'autel avant eux.

— Nous sommes une famille, dis-je en ébouriffant les cheveux de Zion qui prend son petit-déjeuner.

— Maman ! (Il se plaint et froisse son nez en me regardant.) Tu vas me décoiffer.

Le garçon a de magnifiques cheveux bruns et épais. Il tient ça d'Otello. Je grimace à l'idée que cet homme, son ADN, fasse partie de mon fils.

— Tu es très beau, dis-je.

— Quand est-ce que je pourrai retourner à l'école ? demande Zion. Mes amis me manquent.

— C'est quelque chose dont Nikita et moi devons discuter.

Il a été retiré de l'école quand il a été envoyé à Chicago avec ma sœur pour le garder en sécurité. Ça n'a pas bien fonctionné, et le renvoyer à l'école en sachant que la mafia pourrait encore s'en prendre à mon fils, est inquiétant.

Bien que je ne sois pas favorable à l'enseignement à domicile pour Zion, peut-être pouvons-nous trouver un endroit plus sûr.

— Mais, maman, se plaint Zion.

Nikita entre dans la salle à manger et se tient devant l'une des chaises vides, ses mains sur le dossier de la chaise en bois.

— Je peux te parler ? demande-t-il, en se concentrant sur moi.

— Finis ton petit-déjeuner, dis-je en déposant un baiser sur le front de Zion.

Je sors dans le couloir avec Nikita. Luka se dirige vers le coin du couloir. Il n'y a que nous deux, même si je suis sûr qu'il y a plusieurs gardes à proximité.

— Quand as-tu l'intention de parler de nous à Zion ? demande Nikita.

Je mords ma lèvre inférieure. Je veux que mon enfant pense que je me marie par amour. La dernière chose que je veux, c'est qu'il croie que ce mariage est pour le protéger, même si c'est en partie vrai.

— Je n'ai pas encore trouvé comment, dis-je.

— On pourrait lui dire ensemble, répond Nikita.

— J'ai besoin de m'asseoir et d'avoir une conversation sérieuse avec Zion.

Après tout ce que nous avons vécu à Chicago et maintenant le déménagement dans cet endroit avec Nikita, je suis sûr que mon fils a une multitude de questions. Et il mérite la vérité, même si c'est une version simplifiée à cause de son âge.

— On en a besoin tous les deux.

— Et que penses-tu que nous devrions lui dire ? lui demandé-je. Je suis surprise que Nikita veuille faire partie de cette conversation.

S'inquiète-t-il que je prévoie de dire à mon fils que la Bratva nous protège maintenant ?

— Juste ce qu'il a besoin de savoir. Que tu t'es mariée et que nous allons vivre ici, indéfiniment.

Expirant un gros soupir, je me pince l'arête du nez.

— J'aimerais qu'il pense qu'un mariage se fait par amour, pas par échange de services. Un enfant de six ans ne devrait pas savoir les choses que nous savons.

Je veux seulement protéger Zion.

— Et je ne suggère pas qu'on lui explique tout, seulement qu'on s'aime et que j'ai une très grande famille ici pour nous aider.

C'est une façon de voir les choses, et ce n'est pas complètement faux. Nikita a une grande famille, et depuis le peu de temps que je les connais, ils nous soutiennent et s'adaptent à notre situation.

— Ça pourrait convenir, dis-je en soupirant lourdement.

Je jette un coup d'œil dans la salle à manger à Zion et Bay, qui mangent à table. Tous les deux gloussent discrètement à propos d'un secret qu'ils partagent.

Hannah baisse les yeux sur son téléphone, inconsciente de ce qui se passe entre les deux enfants. Au moins, ils n'ont pas l'air de faire des bêtises en prenant leur petit-déjeuner.

— On doit aussi penser à inscrire Zion en CP, dis-je. Je l'ai retiré temporairement de l'école à cause de ce qui s'est passé avec la mafia et quand je l'ai envoyé vivre avec ma sœur.

— Il devrait être inscrit dans le quartier, à l'école privée à côté.

J'inspire un grand coup.

— Je ne peux pas payer ça, dis-je.

— Je m'en occupe.

— Quoi ?

Il ne propose pas sérieusement de payer les frais. Il m'épouse peut-être, mais Zion n'est pas son fils. Il n'a pas à payer la pension alimentaire et les frais d'éducation d'un enfant.

— Nous sommes mariés, dit Nikita. Je participe à ses frais de scolarité.

Bien que je veuille que mon fils ait la meilleure éducation possible, je ne peux pas accepter ce que Nikita offre.

— C'est plus que généreux, mais c'est trop.

— Ne sommes-nous pas mariés ? demande Nikita.

J'ouvre la bouche et souffle doucement.

— Ce n'est pas à propos de notre mariage.

— Zion est mon fils et ma responsabilité, dit Nikita.

— Sauf qu'il ne l'est pas. (Même si je veux l'aide de Nikita, je ne vais pas le laisser payer les dépenses concernant Zion.) Tu en fais déjà trop. Nous laisser vivre avec toi, m'épouser pour me garder des griffes de la mafia. Je ne pourrai jamais te rembourser pour tout ce que tu as fait.

Nikita fait un pas de plus, envahissant mon espace personnel. Son souffle chatouille ma joue tandis qu'il caresse ma mâchoire.

— *Malish*, tu es tout ce que je désire. Ton bonheur et ta sécurité.

— Et c'est suffisant ? lui demandé-je.

Je n'ai pas l'impression que ça le soit, vu tout ce qu'il fait pour moi.

— Pour moi, ça l'est, dit Nikita. On parlera à Zion ensemble. Et je vais m'occuper de ses frais de scolarité et de son inscription à la Manhattan Academy. C'est l'école de Bay. Ils ont une école maternelle et primaire sur le même campus.

J'ai l'estomac noué et je tire sur ma lèvre inférieure entre mes dents. Je n'arrive même pas à imaginer ce que coûtera l'éducation de Zion, mais ce ne sera pas donné. Et je serai à jamais redevable à Nikita. Bien que, ne le suis-je pas déjà ?

Après le petit-déjeuner, Nikita et moi emmenons Zion dans le jardin pour une promenade et une discussion. Nous voulons tous deux discuter de la nouvelle situation, de notre mariage, et le domaine du manoir ne semble pas assez vaste.

Je préférerais l'emmener faire une promenade dans le parc, mais Nikita a insisté sur le fait que tant que la nouvelle de nos noces n'est pas parvenue à la mafia, je suis toujours en danger, tout comme Zion.

Combien de temps encore vais-je être obligée de regarder par-dessus mon épaule ? Qui sait si Otello nous laissera tranquilles après avoir découvert que Nikita et moi sommes mariés ?

— On peut aller au parc ? demande Zion alors que nous sortons.

Le soleil est encore haut, les rayons frappent, rendant l'air plus chaud. Il est éclatant, et je plisse les yeux alors que nous nous dirigeons sous l'ombre d'un cerisier.

— Peut-être plus tard, dis-je, évitant le sujet et toute autre discussion sur le fait de quitter les lieux. (Nous ne pouvons pas rester enfermés dans la maison pour toujours. Certains gardes ne peuvent-ils pas nous escorter jusqu'au parc et s'assurer que nous sommes en sécurité ?) Je voulais te parler de quelque chose.

— Tante Katie va bien ? demande Zion. Ses yeux vert brillant me fixent.

Il y a de l'inquiétude dans son froncement de sourcils.

— Oui, elle va bien, dis-je en le serrant dans mes bras. Elle est avec son copain, et ils sont dans un endroit sûr.

— Avec Declan ?

— C'est ça, réponds-je. Tout comme tante Katie est chez Declan pour être en sécurité, on est chez Nikita.

Ce n'est pas comme ça que je voulais que la nouvelle soit annoncée, un retour complet au danger qui nous a menés ici.

Je jette un coup d'œil à Nikita, non pas que je m'attende à ce qu'il m'aide à arranger ça, mais je veux qu'il soit impliqué. Il va faire partie de la vie de Zion.

— Ta mère et moi nous aimons très fort, dit Nikita en offrant un sourire amical à Zion. On veut tous les deux te garder en sécurité et on a pensé qu'il valait mieux que tu vives ici, que tu ailles à l'école à côté, et que nous nous marions tous les deux.

Zion lève les yeux vers Nikita.

— Tu es mon père ?

DOUZE

Nikita

— Tu es mon père ? demande Zion, en me fixant avec de grands yeux.

Je ne sais pas ce que Lucy a dit à Zion sur son père biologique. J'avais l'habitude de conduire les enfants d'Aleksandra à l'école maternelle, mais je ne les surveillais pas. Je ne connais pas grand-chose aux enfants, et je n'en ai pas moi-même.

Je me penche à la hauteur de Zion, pour le regarder en face.

— Veux-tu que je sois ton père ? lui demandé-je en lui adressant un sourire amical. S'il préfère m'appeler Nikita, c'est aussi bien.

Zion hoche la tête avec enthousiasme et fronce le nez. Un léger rire s'échappe de ses lèvres, et je prends le garçon dans mes bras.

— J'aimerais beaucoup que tu m'appelles papa, lui dis-je.

Ce qui arrange le plus Zion me convient.

Cet enfant est ce qui se rapproche le plus du fait d'avoir un enfant. Ce n'est pas que je ne puisse pas, mais ce n'était pas vraiment dans les cartes. Bien que je sois marié maintenant, je ne suis pas sûr de ce qui va se passer. Lucy n'a pas vraiment admis qu'elle voulait recoucher avec moi, mais nous avons eu un petit rendez-vous sympa au club avant d'être interrompus.

Je soupire. Rien que de penser à Lucy, ça me rend nerveux. Le fait que nous soyons mariés, je veux la porter dans ma chambre et lui montrer ce que c'est que d'être mariée et adorée.

Mais je ne peux pas le faire tant que le garçon est debout, et demander à Hannah de surveiller Zion plus longtemps semble injuste pour elle.

— Papa, on peut aller au parc ? demande Zion, m'arrachant de mes pensées cochonnes impliquant Lucy.

— Tu as déjà demandé à ta mère, réponds-je.

Ce gamin est rusé et nous manipule l'un contre l'autre, n'est-ce pas ?

— Maman a dit plus tard, dit Zion avant que Lucy ait le temps de répondre. C'est plus tard.

— Et si tu m'aidais dans le jardin, et qu'on laissait ta mère faire une pause ?

— Une pause pour quoi ? demande Zion, en passant son regard de moi à Lucy.

Cet enfant peut être épuisant. Comment Lucy a-t-elle réussi à travailler à plein temps et à l'élever seule ?

Zion me grimpe dessus comme si j'étais une cage à écureuil et utilise mes bras pour faire des tractions. Le petit est déjà fort pour sa petite taille. Il utilise ses jambes, et finit de me grimper dessus. Et dire que je voulais que mon costume reste propre et impeccable.

— Tu t'amuses bien ? lui demandé-je.

Zion glousse et hoche la tête avec enthousiasme.

— Oui. Maman ne me laisse pas faire le singe sur elle.

— Faire le singe sur moi ?

Je ne sais pas ce que ça veut dire.

Lucy se couvre les lèvres, essayant de ne pas éclater de rire.

— Tu es mes barres de singe, dit Zion avec assurance, comme si j'étais sa cage à écureuil.

L'enfant est enfin au lit.

J'ai réussi à contacter la Manhattan Academy plus tôt dans l'après-midi. Zion est inscrit à l'école à partir de lundi. Demain, j'enverrai son dossier scolaire comme ils l'ont demandé. Combien de paperasse peut-il y avoir pour un enfant de six ans ?

— Tu dors avec moi, dis-je en prenant la main de Lucy et en la guidant au-delà de la chambre où Zion dort profondément.

— Je dors avec toi ?

Je jurerais que son souffle est coupé.

— Tu ne veux pas ?

Elle coince sa lèvre inférieure entre ses dents. C'est une habitude nerveuse que je l'ai surprise à faire, et je tends la main, mon pouce effleurant sa lèvre, l'arrêtant.

— Je le veux, dit-elle en s'appuyant sur ma main. Je ne veux juste pas tout gâcher entre nous.

Je ne veux pas qu'elle entre dans ma tête, qu'elle me fasse douter de ce que je m'apprête à suggérer.

— Viens te coucher, dis-je en la conduisant dans ma chambre.

Je claque brusquement la porte avec mon pied, nous donnant ainsi l'intimité dont j'ai eu tant besoin avec elle toute la journée.

Elle se laisse presque tomber dans mes bras quand je la serre contre moi, nos lèvres s'entrechoquant avec ferveur. Je la plaque contre la porte, mes mains la plaquant contre le bois, gardant ses mains fermement placées au-dessus de sa tête.

— On n'a jamais vraiment fini ce qu'on avait commencé, murmuré-je à son oreille, en mordillant son lobe, et elle gémit à mon toucher.

— Plus d'interruptions ?

J'aimerais que ce soit une promesse que je puisse faire, mais je n'ai pas l'intention que quelqu'un nous dérange ce soir.

— C'est juste toi et moi, réponds-je.

Ses paupières papillonnent alors qu'elle me fixe, haletante, déjà essoufflée. Elle est magnifique, les joues roses et rougies, les lèvres gonflées par notre échange passionné.

— Tourne-toi, lui ordonné-je, mes hanches la faisant faire face à la porte tandis que je fais glisser ses cheveux sur le côté par-dessus son épaule.

Sa peau est parfaitement parsemée de taches de rousseur, lisse et douce, alors que je dépose une trainée de baisers dans son dos, dézippant la robe blanche qu'elle portait aujourd'hui.

Elle était absolument magnifique dans le palais de justice, devenant ma femme.

Et maintenant, j'ai l'intention de réclamer son cœur, son corps et son âme.

— Nikita ? murmure-t-elle en jetant un coup d'œil par-dessus son épaule pour me regarder.

— Détends-toi.

Je sens la tension, et je masse ses épaules en laissant la robe tomber à ses pieds. Elle ne porte qu'une culotte sous la robe, et elle est à peine utile. J'ai vu de plus grands strings qui couvraient plus efficacement.

Ma bite durcit et tressaille, se tordant contre mon pantalon. J'attrape ses cheveux dans mon poing, guidant sa tête sur le côté, l'embrassant, prenant avec avidité ce qui est à moi, elle.

Ses mains se pressent contre la porte en bois, et elle remue son joli petit cul vers moi.

— Enlève-la, dit-elle.

— Non, grogné-je. (Je n'aime pas qu'on me dise ce que je dois faire, même si j'ai envie de déchirer sa culotte et de la jeter à travers la pièce.) Tu vas attendre.

Un gémissement s'échappe de sa gorge, et je la fais tourner à nouveau, mes mains dans le bas de son dos, la tirant pour qu'elle me suive tandis que je recule et m'approche du lit.

— Assise, commandé-je.

— Je ne suis pas un chien.

Je renifle à sa remarque. Non, elle ne l'est certainement pas.

— J'aime quand tu écoutes, *Malish*, dis-je en lui caressant la joue.

Elle se penche sur ma caresse, et je me penche vers le bas, mon souffle se mêlant au sien. Je ne lui donne pas encore ce qu'elle veut si désespérément. Mais je le ferai, en temps voulu.

— Dis-moi ce que tu veux que je fasse, je suis tout à toi.

Ses mots sont parfaits, tout comme chaque centimètre de son corps.

— Allonge-toi. Je veux que tu te touches, ordonné-je.

Elle déglutit et se recule sur le matelas. Il y a un soupçon d'hésitation et de nervosité, mais elle ne me refuse rien.

Ses doigts caressent sa peau tandis que je desserre ma cravate et la regarde se toucher.

En quelques secondes, j'ai chaud, et c'est étouffant. J'arrache ma cravate et la laisse tomber sur le sol. Ma veste de costume est rapidement jetée sur une chaise voisine. Ma chemise blanche est bien trop contraignante. Je bous à la vue de Lucy presque nue sur mon lit.

Je ne suis pas l'homme le plus patient, mais je veux la voir nue, se faire plaisir, et découvrir ce qu'elle aime avant de me lancer.

Sa poitrine se soulève et s'abaisse tandis que sa respiration devient plus forte.

— Ne te retiens pas, avertis-je.

Elle ne se retient pas, ses jambes écartées me permettent une vue parfaite, mais elle n'a pas encore enlevé sa culotte. C'est une torture. Je veux être ce morceau de tissu fin en dentelle glissant entre ses plis, la caressant et la faisant gémir.

Ma tenue est étouffante. Je ne veux pas m'embêter à défaire chaque petit bouton. Il y en a trop pour le moment. Je déchire ma chemise, les boutons s'envolent et rebondissent sur le parquet.

— Je veux que tu me touches, murmure Lucy. S'il te plaît.

Ses mots sont ma perte. Je desserre ma ceinture et laisse mon pantalon et mon caleçon tomber sur le sol avec un bruit sourd avant de grimper sur le matelas et de me diriger vers elle. Je couvre ses lèvres avec les miennes, la dévorant avec avidité.

Elle gémit et enroule ses jambes autour de moi, ses ongles grattant mon dos comme si elle n'en avait jamais assez.

J'ai presque envie de passer la main entre nous et d'arracher sa culotte. Mais au lieu de cela, je dépose une traînée de baiser le long de son corps, lentement et de façon aguicheuse, avant d'atteindre sa culotte. Elle est mouillée et agitée, incapable de rester immobile tandis que je saisis la soie avec mes dents et que je fais glisser le tissu le long de ses jambes.

— C'était sexy, halète Lucy, et ses doigts caressent ses boucles.

— À moi, grogné-je et je repousse ses doigts, les poussant contre le matelas tout en passant ma langue le long de son humidité et en chatouillant son clitoris.

Elle est agitée et impatiente, gémissant et se tortillant sans cesse, attendant d'être libérée.

Je ne lui donne pas encore. Sa perle est gonflée à force de la chatouiller. Tout autre homme pourrait être jaloux, mais j'apprécie un bon spectacle de temps en temps.

— Nikita.

Sa voix est rauque alors qu'elle me supplie de la laisser jouir.

Je continue à lécher et à sucer son clito avant qu'elle ne tremble et se rapproche de sa limite. Je recule, ne la laissant pas succomber immédiatement. Elle devra attendre que je lui ordonne de jouir et que je lui donne la permission.

Lucy gémit lorsque je retire mes lèvres et ma langue et que je monte sur son torse. Sa respiration est rauque et s'échappe par des halètements.

— Tu vas me tuer.

Je lui fais un sourire narquois.

— Parfaite façon de mourir.

Elle rit doucement et se cambre, nos corps se frôlant l'un l'autre alors que je remonte sur son torse. Il y a un désespoir dans ses mouvements, un besoin qui me secoue jusqu'à la moelle et fait frémir ma bite.

Lucy est essoufflée, les joues roses, la poitrine rougie. Elle lutte pour garder les yeux ouverts, et ses doigts ratissent mon dos et descendent jusqu'à mon cul.

— S'il te plaît, baise-moi.

Je ne m'attendais pas à entendre quelque chose d'aussi obscène et sexy de la part de Lucy.

— Avec plaisir, chuchoté-je, flottant au-dessus de ses lèvres.

Je couvre sa bouche, guidant ma bite dans son intimité. Elle plie les genoux, et son dos se cambre sur le matelas alors que je m'enfonce plus profondément en elle, la remplissant.

— Putain, murmure-t-elle, les yeux serrés.

— Bon coup ? Je glousse, la regardant fixement, attendant qu'elle réponde.

Ma bite tressaille dans sa chaleur et son étroitesse. C'est parfait. Putain, elle est parfaite.

— Mon Dieu, oui.

Ses doigts sont brutaux et se promènent dans mon dos, agrippant mes fesses alors qu'elle se balance contre moi. Je prends ça comme le signal qu'il faut continuer et que je ne lui fais pas mal.

C'est la dernière chose que je souhaite. Je continue notre danse, chaque poussée l'amenant plus près de la limite, ses gémissements et ses halètements se faisant de plus en plus entendre et elle oublie ou ne semble pas se soucier du fait que nous ne sommes pas les seules personnes dans la propriété.

Je colle mes lèvres aux siennes, faisant taire ses gémissements tandis que je la baise et que je sens son étroitesse frémir et trembler sur ma queue. Elle est humide et parfaite et ses gémissements vibrent quand elle tremble et jouit.

Elle est ma perte absolue alors que je me laisse enfin aller, tombant dans l'extase avec elle.

Lucy dort blottie dans mes bras. Elle ne bouge pas du tout pendant la nuit et je lui suis surtout reconnaissant de ne pas ronfler.

Moi, j'ai du mal à m'endormir.

Ça fait longtemps que je n'ai pas eu une femme dans mon lit pour la nuit. Bien sûr, j'ai couché avec mon lot de femmes, mais je ne dors pas avec elles. Je ne suis pas un enfant, et les soirées pyjama ne sont pas mon truc.

Mais je suis marié.

Cette seule pensée pèse lourdement sur moi. C'est en partie la raison pour laquelle je ne peux pas dormir. L'autre partie, c'est que j'ai un fils. Enfin, techniquement, Zion est l'enfant de Lucy, mais si nous sommes mariés, il peut aussi bien être le mien. J'ai l'intention de le protéger comme ma chair et mon sang.

Je suis épuisé, mais le sommeil ne vient pas.

J'essaie de ne pas trop remuer, ne voulant pas réveiller Lucy. Elle dort, tranquille, et après tout l'enfer qu'elle a traversé, c'est agréable de la voir en paix, même si ce n'est que pendant son sommeil.

Les minutes se transforment en heures, et avant que je ne le sache, le soleil se lève et illumine la pièce. Je me détache d'elle et la laisse endormie dans mon lit.

Ça me fait mal de la laisser seule. Mais elle est plus en sécurité ici, sous le toit de Mikhail, pendant que je rends visite à Aleksandra et Antonio.

Ils doivent savoir que Lucy est ma femme et qu'une menace contre elle, ou Zion, est une menace contre la Bratva.

J'ouvre discrètement l'armoire, récupère un costume neuf et emmène mes vêtements et sous-vêtements de la commode à la salle de bain. Je ferme la porte aussi doucement que possible. Lucy a-t-elle le sommeil léger ? Je ne veux pas la réveiller.

C'est autant pour moi que pour elle. Je n'ai jamais fait le discours du lendemain. Je ne dors pas chez les femmes, et Lucy dans mon lit est une expérience tout à fait différente de ce que j'ai connu jusqu'à présent.

Enfin, j'aime qu'elle soit restée dans ma chambre. Je ne suis juste pas sûr de savoir comment gérer ça. Oui, nous sommes mariés. Mais ce n'est pas comme si on faisait ça par amour. Aucun de nous n'est ignorant des raisons de notre mariage.

La protéger, ça ne veut pas dire la baiser. Même si elle est ma femme.

Je grogne et j'allume la douche. La simple pensée d'elle nue réveille mon corps. Je me mets sous le jet, laissant l'eau me frapper le dos. L'eau me réveille, mettant tous mes sens en éveil, y compris le froid soudain dans la pièce.

— Lucy ?

Elle ouvre la porte de la douche.

— Pousse-toi, ordonne-t-elle et elle grimpe dans la cabine avec moi.

Elle vole toute mon eau, laissant le jet glisser sur son corps de la tête aux pieds. Ses cheveux sont trempés et l'eau coule sur ses seins. C'est impossible de ne pas tendre la main et de la tirer contre moi. Mes lèvres s'écrasent sur les siennes.

— J'ai dit que tu pouvais monopoliser toute l'eau ?

Je veux que la remarque sorte comme un grognement, une menace, mais pas sérieuse, et elle hausse un sourcil.

— Je suis ta femme. Ce qui est à toi est à moi. (Elle prend son nouveau rôle très au sérieux.) Quand vas-tu parler de moi à ta famille ?

— La Bratva est ma famille.

— Pas de frères et sœurs ou de parents ? demande-t-elle.

Nous savons très peu de choses l'un sur l'autre. Cela sera rectifié dans les jours à venir.

— Non, dis-je, sans rien dévoiler de plus ; mes parents et ma sœur sont décédés et je n'en parle à personne. Mais toi, *Malish*, tu voudras le dire à ta sœur.

— Je le veux, dit Lucy.

Elle attire nerveusement sa lèvre inférieure entre ses dents.

— On lui dira en personne, proposé-je.

Lucy soupire lourdement.

— Je ne suis pas allée à Breckenridge depuis des années.

— Eh bien, je suppose qu'il est temps de rentrer à la maison.

TREIZE

Lucy

Nikita passe la journée à visiter la mafia. Je ne suis pas contente qu'il y aille seul et je l'ai supplié de prendre un des autres hommes avec lui en renfort.

Il a refusé.

L'homme est têtu, mais il m'a assuré que rien ne lui arrivera.

Je ne peux pas manger mon petit-déjeuner car je m'inquiète de son retour à la maison. Je m'assieds à la table de la salle à manger avec Zion pendant qu'il mange ses céréales. Le garçon perçoit tellement de choses, mais il n'est pas conscient de mes craintes, ce qui est probablement préférable.

— Bonjour, dit Hannah, portant un bol vide et une cruche de lait.

Bay a une boîte de céréales sucrées et s'installe à la table de la salle à manger à côté de Zion.

J'offre un faible sourire à Hannah. Essayer de ne pas m'inquiéter pour Nikita est impossible. Mais je ne veux pas contrarier les enfants, non plus.

— Grosse journée ? demande Hannah, en faisant la conversation.

J'expire nerveusement.

— On dirait bien, marmonné-je.

Elle sourit un peu trop joyeusement.

— Zion, tu es excité de commencer une nouvelle école aujourd'hui ?

— Non, marmonne-t-il entre deux bouchées de son petit-déjeuner.

Il jette un coup d'œil à Bay à côté de lui. C'est dommage qu'elle ait quelques années de moins et qu'elle ne soit pas dans sa nouvelle école avec lui.

Hannah me regarde avec un sourire en coin.

— Ça te dérangerait de surveiller Bay cet après-midi ? Un des hommes de Mikhail ira la chercher à l'école maternelle, mais je préférerais qu'ils ne la gardent pas. (Elle fronce le nez à cette idée.) Je ne sais pas à quelle heure on sera de retour, mais ça devrait être avant que Bay aille se coucher.

— Je serais ravie de le faire, dis-je.

Hannah a été d'une grande aide avec Zion, comment pourrais-je dire non ? De plus, Nikita ne m'a pas dit quand je retournerai travailler pour lui au club, ni même si le club peut ouvrir. Il a mentionné qu'il y passerait ce matin pour voir les dégâts après avoir parlé avec les Italiens.

— Tant mieux, dit Hannah, et son sourire devient encore plus éclatant.

— Tu as des projets pour cet après-midi ? lui demandé-je, essayant de comprendre ce qui la rend si heureuse, mais je ne veux pas me mêler de ce qui est privé, non plus.

On ne se connaît pas encore très bien.

— Sortie surprise. Luka m'emmène dans un endroit spécial.

C'est comme si elle essayait de contenir son excitation. Je vois d'où Bay tire son énergie.

— Tu penses qu'il va faire sa demande ? demandé-je.

— J'espère ! s'exclame-t-elle.

S'il ne lui demande pas de l'épouser, elle va le tuer.

QUATORZE

Nikita

Arriver sans être invité à la propriété de la mafia n'est pas une partie de plaisir. Il y a deux hommes aux postes de garde. L'un d'eux communique par radio avec l'enceinte pour demander des renforts tandis que le second garde me fouille, devenant un peu trop familier avec mes bijoux de famille.

— C'est ma bite, pas mon arme, aboie-je au garde.

Il renifle doucement. Il a déjà mon arme, et il la désarme avant de la fourrer dans sa ceinture.

Une demi-douzaine de gardes sortent de l'intérieur du bâtiment et se dirigent vers la pelouse. Au centre, se trouve Antonio Moretti.

Ont-ils si peur d'un seul homme qu'ils aient dû appeler la cavalerie en renfort ?

— Que fais-tu ici, sans invitation ? demande Antonio en s'approchant.

Il est derrière la grille métallique, ne me laissant pas entrer sur les lieux.

Je n'ai pas besoin d'être à l'intérieur de sa maison pour lui dire ce que je pense de lui, que c'est un connard pompeux et qu'il devrait laisser ma famille tranquille.

— Il faut qu'on parle, dis-je.

Il me dévisage. N'approuve-t-il pas mon costume noir impeccable ? Il y a du mépris dans ses yeux, et son regard se resserre.

— Qu'est-ce que tu veux ?

— Tu dois laisser Lucy et son fils, Zion, tranquilles. Leur famille est hors-limites.

Il glousse doucement.

— Qu'est-ce qui te fait croire que j'en ai quelque chose à foutre de la fille ou de l'enfant ?

Il n'admet pas les crimes qu'il a commis, et pourquoi le ferait-il ? Il est trop intelligent pour dire quelque chose qui pourrait le faire enfermer derrière les barreaux.

— Tu as envoyé les Italiens après elle à Chicago, et ton imbécile d'Otello a essayé de nous faire tuer tous les deux. Tes hommes savent mieux que quiconque qu'il ne faut pas empiéter sur le territoire de la Bratva russe.

La lèvre supérieure d'Antonio se crispe. Ses mains sont serrées en poings sur ses côtés. Il est armé, mais il n'a pas sorti son arme contre moi.

— Otello est mort. Je suppose que tu as quelque chose à voir avec ça.

J'aurais aimé être celui qui lui a mis une balle dans la tête.

— Comment est-il mort ?

Mikhail avait-il mis un contrat sur sa tête sans me consulter ?

— Il ne savait pas où était sa place, dit Antonio.

Antonio l'a tué.

Pourquoi ?

Même avec Otello mort, je ne crois pas que ce soit fini. Je n'ai pas vu son cadavre, il pourrait se jouer de nous.

— Reste loin de ma famille, avertis-je Antonio.

— Est-ce une menace ?

— Lucy est ma femme. Elle appartient à la Bratva. Si tu t'approches d'elle, de Zion, ou de quiconque dans ma famille, nous te brûlerons toi et ta mafia pathétique.

Il ne prend pas ma menace à la légère et se rapproche du portail.

Le garde à ses côtés secoue la tête vers Antonio, en murmurant quelque chose que je ne peux pas entendre, probablement un avertissement pour qu'il ne fasse pas monter les enjeux.

— Nous cesserons le feu avec ta famille à une condition.

— Quel est cette condition ? demandé-je, mon estomac se crispant.

Je n'aime pas la tournure que prennent les choses avec Antonio. Ses hommes pourraient me mettre une balle dans la tête. Cela romprait la trêve entre la mafia et la Bratva, mais nous sommes déjà sur la corde raide, au bord de la rupture. La guerre est imminente.

— Apporte-moi la clé USB que ta femme était censée me remettre.

— Il y a une clé USB dans sa poche, monsieur, dit le garde qui m'a fouillé.

— Donne-la-moi, exige Antonio.

Je plonge prudemment la main dans la poche de mon manteau et récupère la clé USB. C'est exactement ce qu'Antonio a demandé, sauf qu'un petit détail a été omis : nous avons effacé presque tout l'argent des comptes et installé un mouchard pour recueillir des renseignements sur leurs ordinateurs. Dès qu'ils connecteront l'ordinateur à Internet, nous aurons accès à leurs données, à leurs frappes de clavier et à tous les mots de passe enregistrés sur leur navigateur Web.

Nous avons laissé un petit montant de cryptomonnaie à six chiffres et, grâce à un piratage, nous avons effacé nos données du transfert.

Le garde à côté de moi saisit la clé USB et la donne à un autre garde qui se tient du côté opposé du portail, qui donne ensuite le minuscule appareil à Antonio.

— Il y a intérêt à ce que ce ne soit pas vide.

— Tout est là, jusqu'au dernier centime, dis-je en me mordant la langue pour ne pas mentionner qu'il ne mérite rien de tout cela et que Mikhail a été généreux en offrant ce qu'il a offert pour maintenir la paix entre nos familles ennemies.

Ses yeux se crispent, mais Antonio ne me répond pas.

— Il est libre de partir. Si la clé USB est vide, tu auras de nouveau des nouvelles de nous.

— Je t'assure, il y a de l'argent sur la clé. (Je fais un pas en arrière, et les gardes à mes côtés me laissent reculer.) J'espère ne jamais te revoir.

— De même, rétorque Antonio en retraversant la pelouse pour rejoindre le bâtiment.

Anton me retrouve au club quand je reviens de ma visite à la mafia.

— C'est à quel point ? lui demandé-je, en sortant du 4x4 noir et en le rejoignant sur le parking.

— Plutôt tragique ce qu'ils ont fait, mais la bonne nouvelle c'est que personne n'est mort.

J'expire un grand coup.

— Bien. J'aurais juré avoir enjambé des corps quand ils m'ont traîné dehors avec un sac sur la tête, mais peut-être que ce n'était pas une personne mais autre chose ?

Il ouvre la porte du club et me conduit à l'intérieur. La poussière des coups de feu est retombée, mais la destruction n'est pas subtile. Il y a des impacts de balles sur les murs, sur la plateforme, et criblant le plafond.

Le verre craque sous mes chaussures noires.

Les tables et les chaises sont renversées. Les tabourets de bar ont été fracassés et jonchent le sol dans le désordre. C'est comme si une tornade avait traversé l'intérieur, dévastant le club.

L'extérieur, cependant, est intact.

— Nous avons beaucoup de nettoyage à faire, dis-je. Appelle Luka, Ivan et Dmitri. Dis-leur de rappliquer ici pour aider à nettoyer cette crasse.

— Luka n'est pas disponible, monsieur.

— Comment ça, il n'est pas disponible ?

Anton n'a même pas appelé Luka avant, supposant que l'homme est occupé.

— Il a des projets avec Hannah.

— Quels genres de projets sont plus importants que de remettre le club en marche ?

Sans le club, nous devrons trouver un autre moyen de blanchir l'argent. Je n'ai pas le temps d'élaborer une nouvelle stratégie en un court laps de temps. Mikhail s'attend à ce que l'argent coule à flots depuis le club.

— Luka a l'intention de faire sa demande en mariage.

J'aurais dû le voir venir. Ce n'est pas un secret qu'il a essayé de lui demander sa main et qu'il a été interrompu.

— Eh bien, elle ferait mieux de dire oui. Alors ils pourront tous les deux rappliquer ici et aider.

ÉPILOGUE, 1ÈRE PARTIE

Hannah

— Qu'est-ce qu'on a de prévu ? demandé-je.

Luka n'a pas du tout parlé de ses projets. J'espère qu'il va me demander en mariage, mais je me demande si ce n'est pas moi qui devrais mettre un genou à terre et le surprendre.

Je ne sais pas comment il réagirait si je lui posais la question. Je ne veux pas blesser son ego ou le faire souffrir parmi ses amis à la maison. Ces hommes ne le laisseraient jamais l'oublier si c'était moi qui faisais le grand geste et lui demandais de m'épouser.

— C'est une surprise, dit Luka.

— Je déteste les surprises, marmonné-je.

Luka rit, peu convaincu.

— Tu veux juste des spoilers, *Zaya*.

Il me fait un sourire en coin.

J'ai finalement appris que son petit surnom pour moi, *Zaya*, signifie lapin. Comme si j'étais son animal de compagnie.

— Je veux un indice, dis-je.

Il s'arrête devant un bar et gare la voiture.

— Tu m'emmènes dans un bar ? demandé-je.

C'est l'endroit le moins romantique qu'il pouvait imaginer pour une demande en mariage, surtout que je suis enceinte. Je ne peux même pas apprécier un cocktail ou deux. Peut-être qu'il ne veut pas m'épouser.

Luka coupe le moteur et sort. Il se dirige vers le côté passager, mais je suis déjà hors du véhicule, les bras croisés sur ma poitrine.

— Je pensais que ce serait amusant, une soirée rien que tous les deux.

— C'est toujours la journée, réponds-je.

— Tu es très observatrice, reconnaît Luka.

Il pose sa main sur le bas de mon dos et m'entraîne dans le bar.

Je ne suis pas sûre de ce à quoi je m'attends. Il n'y a pas de visages familiers. Pas de fête surprise, mais est-ce vraiment quelque chose à faire avant des fiançailles ? Cet homme ne m'a pas demandé en mariage, et je n'ai pas dit oui.

Mais je le ferai.

Si jamais il me le demande.

Bien sûr, il a essayé de faire sa demande. On a été interrompus, et même si je veux détester Lucy pour avoir débarqué sans prévenir et sans être invitée, je déteste admettre que je l'aime bien.

Il y a des tables de billard de l'autre côté du bar, et Luka m'escorte vers l'une d'elles.

— Que dirais-tu d'une partie ?

— Tu ne vas pas me proposer de me payer un verre ? demandé-je.

— J'espérais que tu t'en chargerais, dit Luka.

Ça ne lui ressemble pas du tout de me demander de payer nos verres. Je ne sais même pas quoi dire ou penser.

— Oui, euh, bien sûr, bafouillé-je. Qu'est-ce que tu veux ?

— Prends-moi ce que tu prends, dit Luka.

Il ne doit pas avoir les idées claires.

— Tu veux un Fuzzy Navel ? lui demandé-je.

Il secoue la tête et grimace. Ça n'a pas l'air de lui plaire.

— T'as intérêt à boire quelque chose sans alcool et à me commander un Jack & Coke.

Je lève les yeux au ciel devant l'homme que j'aime, que j'adore et que j'ai parfois envie d'étrangler. Je traverse la salle jusqu'au bar et je fais signe au barman. Il prend nos commandes de boissons, et je pose ma carte de crédit.

— Gardez juste la note ouverte, dis-je.

J'ai besoin de passer une soirée dehors, et si je n'étais pas enceinte, j'envisagerais de me soûler et de le laisser me porter à la maison s'il ne me demande pas en mariage.

Je porte nos boissons vers la table de billard que Luka est en train d'installer. Il a déjà installé les boules mais a laissé le triangle en place. Luka m'échange une queue de billard contre sa boisson.

— Attrape le triangle, et tu commences, dit-il.

Je fronce les sourcils en enlevant le triangle et je réalise que quelque chose est attaché. Un morceau de fil est attaché au triangle avec une bague de fiançailles.

— Luka ? Je sursaute et me retourne pour voir son verre sur une table voisine, et il se met à genoux.

Oh mon Dieu. C'est enfin arrivé ?

Mon souffle se bloque dans ma gorge. La pièce est chaude, et je jure que si je m'évanouis, je vais tuer quelqu'un. Je détache le fil, le diamant niché entre mes doigts.

— Oui ! Je m'exclame.

— Hannah, dit-il en souriant, en me regardant fixement. Puis-je au moins te demander de m'épouser ? J'avais prévu tout un discours et tout.

Il n'y a aucune trace de déception, seulement de l'amusement derrière son regard brun foncé.

— Oh, désolé. Vas-y. Je suis trop enthousiaste.

Le sourire ne quitte pas mon visage alors qu'il lève les yeux au ciel et se lève.

— Je vous veux toi et Bay dans ma vie pour toujours. Je ne peux pas imaginer un monde sans vous deux. Et je veux être ton partenaire dans la vie, le crime, et partout où cette route nous mènera.

— Oui ! (Je ne sais pas s'il a fini ou non, mais je ne peux pas contenir mon excitation. J'écarquille les yeux.) Tu avais fini ?

Luka glousse.

— Honnêtement, j'ai oublié tout mon discours. Je l'ai juste inventé sur le moment. Mais c'est vrai. Je veux passer ma vie avec toi et Bay. Peut-être qu'on achètera un cottage, qu'on prendra notre retraite et qu'on déménagera dans un endroit moins dangereux un jour.

Je ne vois pas Luka abandonner son travail avec Mikhail.

— Tu abandonnerais tout ça ?

— Un jour. J'ai dit retraite, fait-il remarquer. Je ne suis pas encore prêt à le faire.

— Tant mieux, parce que j'aime bien Madisyn et Lucy. Je ne veux pas laisser tout ça derrière moi.

ÉPILOGUE, 2E PARTIE

Lucy

Six semaines plus tard

Le vol de New York vers le Montana n'est pas pénible, mais le trajet qui suit est fastidieux avec un enfant de six ans anxieux et impatient, trop fatigué et affamé.

— On est arrivés ? Zion se plaint depuis la banquette arrière.

Il se tortille dans son siège réhausseur et regarde par la fenêtre.

C'est la première fois que je l'emmène à Breckenridge, la maison de mon enfance. Le petit est habitué aux gratte-ciel et à la ville animée. Pour Zion, c'est comme pénétrer dans un pays étranger.

— Pas encore, dit Nikita.

Il conduit et jette un coup d'œil au tableau de bord à écran avec système de navigation. Il est relié à son téléphone. Étonnamment, nous avons toujours un réseau décent malgré le fait que nous soyons au milieu de nulle part.

— J'ai faim, se plaint Zion.

— J'ai quelque chose que tu peux grignoter, dis-je et je sors une barre de céréales de mon sac.

Je déballe l'en-cas et le lui remets. Zion n'est pas un mangeur particulièrement soigneux. Le granola s'effrite en morceaux sur le sol.

— Oups, dit-il, les yeux écarquillés et brillants.

— C'est pas grave, mon grand. (Nikita jette un coup d'œil à Zion dans le rétroviseur.) C'est à ça que servent les voitures de location, non ?

— Tu lui apprends que ce n'est pas grave de détruire les biens d'autrui ? plaisanté-je à moitié en lançant un long regard latéral à Nikita.

— Ce ne sont que quelques miettes. Je ne pense pas qu'il détruise techniquement quoi que ce soit quand un aspirateur peut le ramasser.

Nous quittons la route principale pour le col de montagne qui se trouve devant nous. J'ai mal au ventre, et mes mains se crispent. Je les frotte sur mon jean. L'hôtel où nous aurions dû loger est fermé pour rénovation, alors on se retrouve chez Declan et Katie. Declan a promis d'aller chercher un matelas gonflable supplémentaire et a insisté sur le fait qu'il avait de la place pour nous.

C'est difficile de ne pas se sentir imposée, mais cette nouvelle, je veux la partager en personne avec ma sœur.

Le GPS se coupe à mi-chemin du col, et je montre la route à Nikita. Heureusement, le temps est clair, et il n'y a aucun signe de mauvais temps pour les prochains jours alors que nous sommes en ville.

Il fait trop chaud pour aller skier ou faire du snowboard, mais je suis sûre qu'il y a des activités extérieures amusantes que nous pouvons faire en famille.

Famille.

Il me faut encore un peu de temps pour m'habituer à ce mot, réalisant que je suis mariée. Et pour être honnête, j'aime ça.

Nous sommes mariés depuis peu, mais Nikita ne peut pas garder ses mains loin de moi, et je ressens la même chose. Je veux le traîner au lit ou dans n'importe quel endroit amusant dès que j'en ai l'occasion, mais avoir un enfant ne rend pas forcément les choses faciles, et vivre sous le toit de quelqu'un d'autre non plus.

Mais nous sommes en sécurité, et c'est ce qui compte.

La mafia n'est pas revenue. Ils n'ont pas menacé Zion ou moi. Nikita insiste sur le fait qu'il va nous protéger, et notre mariage est juste le début de ce lien.

Nous nous arrêtons devant la cabane en rondins. Il n'y a pas d'autre maison sur ce qui semble être des kilomètres. Le moment où nous sortons de la voiture, la porte d'entrée de la cabine s'ouvre brusquement, et Katie se précipite à l'extérieur.

— Tu es là ! couine Katie.

Zion détache sa ceinture de sécurité et sort de son siège réhausseur pendant que j'ouvre la portière arrière. Il saute sur l'allée de gravier.

Il y avait une vague de poussière dans l'air qui suivait notre véhicule dans l'allée.

— Cet endroit est assez isolé, dis-je. J'ai oublié ce que c'était que de vivre ici. Cela fait si longtemps que je n'y suis pas retournée.

— Entrez, dit Katie, en nous faisant avancer vers la maison.

Declan descend les marches du porche.

— Je peux vous aider avec vos sacs ? propose-t-il, en regardant Nikita de la tête aux pieds.

Declan porte un jean bleu usé et une chemise en flanelle. Il a un bon bronzage dû à une exposition au soleil pendant un peu trop d'heures, probablement à cause du travail.

Nikita est vêtu de son costume noir et de sa chemise blanche, trop habillé, mais il n'a pas voulu m'écouter pour mettre quelque chose de plus pratique.

— J'espère que tu as apporté des vêtements plus confortables, plaisante Declan.

— Je suis à l'aise, dit Nikita sans sourire.

— Les garçons ! J'appelle par-dessus mon épaule, en leur jetant un coup d'œil.

Leur échange n'est pas du tout silencieux ou agréable, bien que je suppose que ça pourrait être pire. C'est comme s'ils se jaugeaient l'un l'autre, mais pourquoi ? Nikita pense-t-il que Declan n'est pas assez bien pour ma sœur ? Ou il a peur qu'il mette nos vies en danger ?

Declan a prouvé qu'il était honorable quand il a protégé Zion et Katie. Bien sûr, il m'a terrifié quand il m'a jeté dans son véhicule, mais je comprends ses motivations. Je lui ai pardonné, en grande partie.

Nikita ouvre le coffre, et ils prennent tous les deux un bagage et le portent jusqu'à la maison.

— Tu as pris des affaires pour une semaine ? plaisante Declan en trimballant la valise où sont réunis les vêtements de Zion et les miens.

— On dirait que c'est le cas, dis-je. On ne reste que quelques jours. Ensuite, on devra retourner en ville.

— C'est dommage, dit Katie. J'aurais aimé te faire visiter la ville, te montrer à quel point tout a changé.

Nikita s'éclaircit la gorge.

— Et tu ne peux pas faire ça en une journée ?

Il ne me semble pas être un homme qui aime les petites villes. C'est peut-être parce qu'il porte toujours ses chaussures noir brillant et son costume boutonné.

— Tu sais, tu peux te détendre pendant qu'on est là, dis-je à Nikita. Certains pourraient considérer ça comme des vacances.

Nous ne sommes jamais partis en lune de miel, et même si je n'appellerais pas ça une escapade romantique, c'est en dehors de la ville. Loin de la ville.

— Tu le sauras quand je t'emmènerai en vacances, dit Nikita. (Il me fixe du regard.) Il n'y aura pas de question sur ce que ça sera.

Ma bouche est sèche, et je peux sentir Katie et Declan échanger un regard. Ils doivent se demander ce qui nous amène en ville. Je n'ai pas précisé au téléphone que j'apportais une bonne nouvelle.

— Katie, Declan, dis-je, attirant leur attention. On s'est mariés !

Je souris et montre mon alliance à ma sœur pour qu'elle la regarde, lui montrant que ce n'est pas une blague. C'est réel. Nous sommes mariés.

— Ouah ! (La bouche de Katie reste ouverte. Elle a les yeux écarquillés, et elle avance vers moi, les bras ouverts pour me serrer encore une fois contre elle.) Laisse-moi voir cette beauté.

Je lui montre ma main gauche, lui permettant de regarder longuement l'alliance qui orne mon doigt.

— Félicitations, dit Declan.

Il tend la main à Nikita, lui offrant ses sincères félicitations.

— Merci, dit Nikita.

— Nous avons nous aussi des nouvelles, sourit Katie. (Elle fait tourner une mèche de ses cheveux dans sa main. Je lui enlève la main de ses cheveux. C'est une habitude nerveuse dont elle n'a jamais été capable de se défaire.) On attend un enfant ! annonce Katie.

— Félicitations, dis-je et je la serre à nouveau dans mes bras. (Je suis excitée pour elle. Elle a toujours été si géniale avec mon fils. Je ne doute pas qu'elle fera une mère fantastique.) Tu en es à combien de mois ? lui demandé-je.

— Presque trois mois, dit Katie en posant une main sur son ventre. On attend de le dire aux gens, mais on voulait que nos familles soient les premières à le savoir.

Merci d'avoir lu Boss Possessif. J'espère que vous avez aimé l'histoire de Lucy et Nikita. Continuez l'aventure avec Anton et Savannah dans Boss Obsessif.

Nous avons rénové le Club Sage et je suis sur le point de le réduire en cendres.

Quand Savannah se présente pour chercher un emploi, je l'engage immédiatement. Nous sommes désespérément à la recherche de danseuses et elle est magnifique. Comment ne pourrait-elle pas être parfaite pour ce travail ?

Ne mélange pas le travail et le plaisir. Le conseil que j'aurais dû suivre de mon mentor et patron, Nikita Krylova.

J'ai laissé un agent fédéral entrer sur notre lieu de travail.

Savannah a accès aux comptes et à l'argent que nous blanchissons.

Je suis foutu si mon patron, Nikita, ou le chef de la Bratva, Mikhail, découvre ma petite indiscrétion.

Mais ils finiront par le découvrir puisque la femme de Mikhail, Madisyn, est une ancienne agent du FBI. Elle a travaillé avec Savannah Blakely. Dois-je tout avouer et accepter que je suis un homme mort ou enterrer la vérité et quelques corps avant que quelqu'un ne le découvre ?

DU MÊME AUTEUR

Aigle Tactique

Révélation : Jaxson

Furtif : Mason

Dissimuler : Lincoln

Clandestine : Jayden

Mariages Mafieux

Vœu Secret

Vœu Captif

Vœu Sauvage

Vœu Non Consenti

Vœu Impitoyable

Frères Bratva

Boss Brutal

Boss Vicieux

Boss Possessif

Boss Obsessif

NOTES

Chapitre 4

1. Organisme fédéral américain de réglementation et de contrôle des marchés financiers.

www.ingramcontent.com/pod-product-compliance
Lightning Source LLC
LaVergne TN
LVHW100512110826
845146LV00002B/602

* 9 7 9 8 8 8 6 3 7 1 6 1 1 *